やすらぎと ときめきと

森 紫温
Mori Shion

文芸社

やすらぎと　ときめきと

1

「愛美《まなみ》さん、変わったわ。満ちたりた顔してるもの」

美和子が二重《ふたえ》の大きな目で、覗き込むように愛美を見た。

二人は新宿の高層ビルの一階にある、広々とした喫茶室にいた。

美和子と会うのは一年ぶりのことである。美和子は、前夫との間にできた娘が、東京の私大に通っているので、その様子を見に、一年ぶりに上京したのである。

「そういう美和子さんだって、今、幸せの絶頂でしょう」

愛美もしみじみと、かつては自分の義姉だった、美和子のふくよかな顔を見つめた。

かつての義姉とはいっても、美和子の方が愛美よりも三つ年下なのである。

数年前までは、二人共、長野の中村家の嫁の立場だった。美和子の夫が中村家の次男、愛美の夫が三男で、夫同士が兄弟だったのである。

それが、五年前にまず美和子が離婚し、続いて二年前に愛美が離婚した。

愛美は半年後に、現在の夫である誠と再婚したが、美和子は二人いる子供を引き取って、名古屋の実家で、ずっと暮らしていた。

その美和子が、半年前に再婚したのである。困った時に、いろいろと相談に乗ってくれる信頼できる男の人がいる、とは前々から聞いていたが、美和子が再婚した相手は、正にその人であった。

「こんな風に愛美さんとお付き合いできるなんて、考えてもみなかったわ」

美和子の少し膨《ふく》らみのある、形の整った頰の辺《あた》りが、微かに赤味を帯びているのは、先程のレストランでの、昼食の時に飲んだワインのせいだろうか。

「美和子さんから〈また結婚してしまいました〉って、絵葉書が届いた時は、本当に驚いたし、自分のことのように嬉しかったわ」

「本当のところ、再婚は考えていなかったのよね――結婚なんて、もうこりごりって思っていたから。でも、突然彼からプロポーズされたら、自分でも不思議なくらい、素直に受け入れてしまったの」

「好きだったんでしょ、彼のこと」

愛美がからかうように、美和子の目をじっと見つめる。

「そういうことだったみたいね」

まるで他人事のように、美和子はとぼけてみせた。

遅い午後の喫茶室には、主婦らしいグループが多く、中年女性の談笑する声が、渦《うず》のようになって、窓際にいる愛美達のところにも、静かに押し寄せてきた。

店の奥まった場所に、申し訳程度に設けられた喫煙コーナーには、スーツ姿の男性客が二組、書類らしきものを広げて、商談でもしているのだろうか。

過去の結婚生活に苦しみ、悩んで傷ついた末に離婚した二人の女が、それぞれ自分に本当に合った相手と出会って再婚し、今、こうしてお互いに満ちたりた表情で、向かい合っている。

愛美は時の流れを感じて、ほんの一瞬、過去を振返った。

二年前、離婚を決意した時の、兄姉達の信じられないほどの冷たさ、友人知人達の驚きと戸惑い……。そして、その半年後の誠との再婚――。

美和子に言われるまでもなく、愛美は自分が変わったと思う。変わったというよりは、二十数年前の、未来に向かって心を弾ませていた、若き日の自分に舞い戻ったような気さえしていた。

それに、再婚して何よりも健康を取り戻した。永い間、あれほど不調だった心と体が、生き返ったように健やかになった。

それは、今、愛美の目の前で、穏やかにティーカップを口許に運んでいる、美和子にも言えそうだった。

まだ愛美の義姉だった頃の美和子は、暗さこそなかったものの、どこか心を閉ざしていて、何かに懸命に耐えているように見えた。

その美和子が、あの頃とはまるで違って、伸び伸びとして、内側からの輝きを発散させている。

美和子もまた、無理せずに生きて行ける、本来の自分を取り戻したのだろう。

「それにしても――」

愛美の肩越しに店内の様子を見渡していた美和子が、その視線を愛美に向けた。

「愛美さんにしても私にしても、子供がらみの再婚よね」

愛美は、黙って美和子の目を見つめ返す。

「だって、そうでしょう。愛美さんの再婚した相手は真矢《まや》ちゃんの予備校の先生、私の再婚相手は、うちの息子が入ってた野球チームの監督だもの」

美和子はけろりとした表情で言ってのけた。

「そう言われてみれば、その通りね」

愛美は感心したように頷いた。

「案外、再婚相手って探すものではなくて、気がつくと身近にいるのかもしれない……」

美和子は、あっけらかんとした表情のままそう言うと、喫茶室の広い入口の方に目をやった。

「そう言えば、そろそろ二人が来てもよさそうね」

「真矢はこの店が分からないから、友世《ともよ》ちゃんと駅で待ち合わせるって、言っていたけれど」

愛美も腕時計に目をやってから、花をあしらったアーケード型の入口の辺《あた》りを見た。

今日は愛美親子と美和子親子の四人が、ここで落ち合って、街をぶらぶらしてから、どこかで美味しいものでも食べよう、ということになっていた。

愛美と美和子の二人は、その前に昼食も共にし、早目に喫茶室に来て、お喋りを楽しんでいたのである。

その時、美和子の携帯と愛美の携帯が、ほとんど同時に鳴った。

バッグの中に探り当てた携帯に愛美が出ると、夫の誠からだった。

「テキストの編集作業が思ったより早く終わったんでね――僕も加わってもいいかな」

仕事が終わったばかりの誠は、いつも声が大きく、弾んでいる。

「もちろんよ。で、今どこなの」

「駅だよ、新宿の南口にいる」

「もう新宿に着いたの――じゃ、早くいらっしゃいよ。お店、分かってるでしょ」

美和子の携帯と愛美の携帯は、ほぼ同時に切れた。

「友世が駅で今、真矢ちゃんと会えたので、これからこちらに向かうそうよ」

「あら、それじゃ近くに主人もいるはずよ」

「ええ？　今日、御主人もいらっしゃるの。知らなかったわ」

美和子が戸惑ったような表情を見せた。

「仕事が早く終わったんですって。御迷惑だったかしら」

愛美は美和子の戸惑っている様子が可笑《おか》しくて、笑いそうになるのを必死に堪《こら》えた。

「迷惑だなんて、そんな」

美和子は否定するように、目の前で手を横に振ってみせた。

「でも、心の準備というものがいるでしょ。こんなことなら、違う服、着てくればよかったな」

美和子は、そわそわして落ち着きがない。

「どうしたの、美和子さんらしくもない。もう前に一度、主人には会っているでしょ」

「あの時は、ほんのちょっとご挨拶しただけじゃない。ああ、もうどうしよう」

南口からこの店までは、歩いて二、三分の距離である。

「私、ちょっと髪を直してくるわ」

美和子が席を立って間もなく、まず誠が姿を現わした。

朝、整えた髪が、風に吹かれたように、少し額にかかっていたが、颯爽とこちらに向かって来るその姿に、愛美は懐しさを感じて、胸が微かにときめいた。

一緒に暮らし始める前に、何度、この姿を見たことだろう。誠はあの頃と少しも変わっていない。

「あれ、君だけなの?」

誠の問いかけに応えたのは、愛美ではなく、いつの間に姿を現わしたのか、娘の真矢だった。

「もう、先生ったら、声かけたのに、どんどん先に行っちゃうんだから」

ほっぺたを膨らませた真矢が、誠を見上げる。

真矢が小柄なのは母親譲りであるが、華奢な愛美とは違って、逞しい体付きをしている。

「こんにちは——母はどうしたんですか」

真矢の背後から、友世が控え目な笑顔を見せた。その細面《ほそおもて》で日本風の顔立ちは、母親の美和子とは違った印象を与える。

友世の問いかけに応えるように、美和子が席に戻って来た。

「あらあら、皆さん御一緒だったんですか」

美和子が、大きな目を丸くしている。

四人掛けのテーブルだったので、ウェートレスの一人が直ぐに気づいて、椅子を持って来てくれた。多少窮屈ではあったが、何とか五人が腰かけることができた。

大きなメニューを覗き込んで、新たに加わった三人のオーダーが決まると、並んで腰かけた真矢と友世が、もうお喋りに熱中している。

考えてみれば、この二人は元々従姉妹《いとこ》同士である。それでも、正月や夏休みの折に中村家で会っていた頃は、この二人がこんなに親しそうに話しているのを、愛美は見たことがなかった。

「再婚なさったそうで、おめでとうございます」

向かいに腰かけている美和子に、誠が明るい声で話しかけた。

「ありがとうございます」

美和子が、照れたような表情で応える。

「お元気そうですね」

誠が美和子の顔を控え目に見ると、美和子はますます恥ずかしそうに顔を伏せた。

愛美は幸せな気分で、四人の姿を見ていた。

2

もともと、愛美は美和子とそんなに親しかったわけではない。

愛美の前夫である英三《えいぞう》の実家、中村家は、親戚・兄弟間の交流が、ほとんどなかったからだ。

だから、五年前の夏に、

「兄貴、離婚したそうだ」

と、英三に告げられた時、感情的な衝撃よりも、こんな身近に離婚する人がいるのだ、という驚きの方が大きかった。

それでも、美和子のことを想うと、とても他人事とは考えられなかった。

愛美と美和子は、それぞれの、およそ二十年間にわたる最初の結婚生活の中で、長野の、この中村家で顔を合わせたことは、数えるほどしかなかった。

二人の交流は、大勢の親戚の中で、当たり障りのない話を、多少する程度だった。

ところが美和子が離婚する一年前の初夏、英三の父親が亡くなった折に、二人の関係は明らかに進展した。

美和子と、通夜、葬儀、四十九日の法要――と、共に行動するうちに、次第に、二人が個人的な会話を交わす時間が増えていった。

美和子とは、これからもっと親しくなれるかもしれない――愛美は秘かに思った。

もっとも、この義理の父の葬儀の折に、実は、美和子が既に、二人の子供と一緒に、義兄と別居生活に入っていたことを、愛美は知らなかった。

葬儀に出席した誰一人として、気づかなかったはずである。

その後の初盆の法要の時、美和子の姿が見当たらず、欠席だと知って、愛美は不思議に思ったが、中村家の人々は一様に、そのことに関しては、誰も口にしなかった。

彼らは自分以外の人間に興味も関心もなく、したがって一切干渉もしない。美和子がなぜ欠席したのかなど、疑問に思う人は一人もいなかったはずだ。

結局、愛美が英三の口から兄夫婦の離婚のことを聞いたのは、その半年後のことで、それは長女の友世《ともよ》が、東京のある私立大学に入学が決まった折のことである。

中村家の人々は、たとえ兄弟であっても、なぜなんだ、何があったんだ、とは考えもしなければ干渉もしなかったので、愛美には詳しい離婚の経緯は、少しも分からなかった。

ところが、その四ヶ月後、英三の長兄が、ある用件で電話してきた際に、まるで付け足しのように、美和子が入院した、と言うではないか。

愛美が入院の理由を問い質《ただ》すと、

「何でも乳癌とかで、手術をするそうだ」

義兄は平然と言ってのけた。

電話が切れた後、置いた受話器に手を添えたまま、愛美は暫《しば》し茫然としていた。

なぜか、突然、美和子の花嫁姿が思い出されて、胸に迫るものがあった。

二十余年前、愛美も若かったけれど、美和子も眩しいほど若かった。

三男である英三と愛美は、英三の次兄と美和子よりも、一年早く結婚したので、愛美は美和子の花嫁姿を間近で見ていた。

まだ、新婚の花嫁として輝いていたい、という想いのあった愛美は、美和子の目映《まばゆ》いばかりの花嫁姿を前にして、「負けた！」と、心の中で叫んだ。

知性を感じさせる広い額の下に、二重《ふたえ》の大きめな目。鼻筋の通ったその下に、適度な厚みのある品のよい唇。すっきりとしているのに膨らみのある、柔らかそうな頬。

愛美は嫉妬もしたが、感動もした。

やがて、時が経って、美和子は二人の子を儲けたが、愛美が数少ない機会に、中村家で見る美和子は、美しさにますます磨きがかかって、以前にも増して、存在感のある大人の女性になっていった。

その美和子が、乳癌だなんて――しかも、離婚の直後に、どうしてこんな不幸が重なるのだろう。こんなことさえなければ、美和子くらい魅力的な女性なら、再婚のチャンスだって、直ぐにでも訪れただろうに。

愛美の脳裡に、次々と想いが巡った。

こうして、入院の話を耳にしても、今までお互いに中村家の嫁の立場でありながら、義姉として付合いの浅かった美和子に、愛美は連絡をとることが憚《はばか》られた。

その歯痒さと、自分の中に湧き起こる、深い同情と悲しみの狭間《はざま》で、愛美は唯々、美和子の無事を祈ることしか出来なかった。

愛美が美和子の実家に、実際に電話するまでには、一年と数ヶ月の年月が必要だった。

その頃、愛美の人生は、うねりながら、大きく変わろうとしていた。

愛美は自分の人生に、恐らくは生涯最大の決着をつけようとしていた。そのことで、美和子の存在が急に、愛美にとって身近に感じられたのである。

冬の、ある遅い午後、自分でも不思議なくらい自然に、愛美の手が受話器に伸びた。

電話口に出て来た美和子は、相手が愛美であることが分かると、

「まあ、愛美さん」

嬉しそうな声を出した。

「お元気そうでよかったわ」

「ありがとうございます。何とか体力も回復しまして——でも三ヶ月毎に病院へ行かなければならないんですよ」

そう言いながら、美和子の声はどこか弾んでいた。

「ずっと心配していたんですけれど、私の立場では何もすることができなくて……」

「愛美さん」

美和子は問いかけるように、愛美の言葉を穏やかに遮った。

「こうして、お電話を下さっただけでも嬉しいわ。愛美さんの声はもう聞けないかもしれないと思っていたから」

手術のことは、愛美も訊かなかったし、美和子も語らなかったが、きっと無事に終わったに違いなかった。

美和子の話し方は、以前よりも感情がこもって、活き活きとしていた。

美和子と話していると、愛美はゆったりとした気分になってきて、深い喜びが込み上げてきた。

この日の電話は、思いがけず長い電話となり、美和子は初めて、自分の身の上を、少しずつ愛美に語り始めた。

美和子は二人姉妹の長女で、家を継ぐようにと、繰返し、親や親戚から言い含められて育った。ところが、いざ結婚の時、息子を婿養子などにはさせない、と大反対の中村の両親の主張に屈して、中村姓になったのである。

美和子は結婚して、名古屋の実家の側《そば》で暮らし始め、数年後に二世帯住宅を建てると、自分の両親と同居した。

夫は、世間に名の通った会社に勤めてはいたが、何かにつけ、自虐的で自信のない男だった。ことある毎に、自分は駄目な人間だ、と暗い顔で愚痴った。社交性に乏しく、美和子の両親との折り合いも悪くなり、美和子は夫と顔を合わせれば、喧嘩ばかりしていた。

そのことが影響したのだろうか——二人の子供のうち、上の姉は順調に育っているが、下の息子は、とうとう高校を中退してしまい、母親を心配させる暮らしをしている。

「離婚した時、一番辛かったのは、母に泣かれたことね」

美和子の声が、少しくぐもる。

愛美には母親がいなかったが、身につまされる思いがした。

「それでもね、愛美さん——時の流れって不思議なものね。私、後悔していないの。今は離婚してよかったたって、心から思えるの」

美和子の声は、どこか遠くの世界から、でもはっきりと、耳許に届けられているような気がした。

愛美は、美和子と心を一つにして、話を聞いていたのかもしれない。

気がつくと、部屋が暗くなっていた。

冬の夕暮れは早い。いつの間にか陽が落ちてしまったらしい。

もう、そろそろ電話を切らなければいけない。だから、話すのなら今だ、と愛美は思った。

美和子なら、きっと分かってくれるに違いない。多くを説明しなくても、中村家に流れる、あの理解し難い考え方や行動の奇怪さを——美和子なら、分かってくれるはずだ。

「どうしたの、愛美さん——急に黙ってしまって。どうかなさったの」

美和子が優しく訊いた。

「実はね、美和子さん」

愛美の声が、少し緊張して改まった。

「私ね――今、離婚を、考えているの」

言葉を、一つ一つ、確かめるように言った。

「どうして……」

美和子の声が急に低くなり、電話口で息を堪《こら》えているような気配が感じられた。

「信じられないわ……。私たちとは全然違って、仲のよい夫婦だとばかり思っていたのに――何があったんですか、愛美さんたちに。もしかして、私たちの離婚に影響されてですか」

驚きを隠せない美和子の戸惑いが、耳許に迫るように伝わってきた。

3

無論、愛美の離婚は、美和子とはまったく関係がなかった。

美和子が離婚し、乳癌で入院してから、愛美が美和子に電話をするまでの一年数ヶ月の間に、愛美の人生は大きく変わり、岐路に立たされていた。

愛美は離婚を決意するに至り、夫の英三もそれを認めはしたが、実際に離婚するには、現実に乗り越えなければならない、いくつかの障壁が眼前に横たわっていた。

いざ、自分の意思で離婚を切り出すと、親身ではあるが心配して反対する意見が、周りから殺到した。

夫が浮気をしたり、暴力を振るったわけでもないのに、というものから、何と言っても経済的安定は大切よ、というものまで、様々な説得の仕方はあったものの、結局のところ、「無難な人生を」という点で、それらの意見は一致していた。

誰も分かってはくれない。でも、もうこの生活は続けたくない。この虚しく、希望の持てない結婚生活から抜け出したい——愛美の想いは強くなる一方であり、その心は追い詰められていた。

結婚以来ずっと眠っていた、愛美の中の何かが目覚めた、と言ってよかった。

愛美は長い間、何とか自分の人生に折り合いをつけようとしてきた。それは、ある時は小さな、ほんの小さな慰みを見つけることであり、ある時は夢や希望が持てないことに、馴れることであった。

愛美は繰返し押し寄せてくる虚しさから目を逸らし、それを認めまいとしてきた。こんな生活にずっと耐えていたら、そのうち、自分は若くして惚《ほ》けてしまうのではないか、と思ったほどである。

そんな時、愛美は、自分の中で長いこと燻《くすぶ》っていた何かに、気付かせてくれる人物と出会った。

不思議な人であった。

初めて会った相手で、しかも異性であるにもかかわらず、愛美は自分でも驚くほど自然に、何でも自分のことを話すことが出来た。繊細で優しそうなまなざしを愛美に向けて、じっくりと話を聞いてくれた。

衝撃的な出会いであった。

それが、今の夫の誠である。


やがて、誠との交流を通して、愛美はしっかりと自分の人生を振返り、生まれて初めて、自分の生い立ちを辿り、自分が今、置かれている現実を直視する勇気を持った。


母親が亡くなったのは、愛美が三歳の時だった。

子供を産む度に腎臓を痛め、それが悪化して亡くなったのである。

貧乏人の子だくさんだった愛美の父親は、七人兄弟の末っ子として生まれた愛美を、直ぐに養女に出そうと考えたが、話がまとまらなかった。

実の父親から、いかにも残念そうに、何度もその話を聞かされた愛美は、父親から愛されているという実感を、父の存命中は、ついぞ味わうことが出来なかった。

兄や姉たちからも、愛美は我《が》が強くわがままだと決め付けられ、何かにつけ辛く当たられ、叱られてばかりいた。

そんな愛美にも、誠と出会う以前に、自分が本当に愛されていると感じられる相手が、一人だけいた。

それは、わがままを言っても駄々をこねても、愛情を注ぎ見守ってくれた、大好きな祖母であった。

愛美を産んでから亡くなるまでの三年間、母親はずっと寝た切りだったので、愛美は祖母に育てられたも同然だった。

でも、その祖母も、元気だったのは愛美が小学校に入学した頃までで、いつしか床《とこ》に伏すことが多くなり、やがて寝た切りになってしまった。

兄や姉たちは、自己中心の父親に、ほとほと愛想を尽かしたのか、一人、また一人と家を出て行き、遠くの地で、それぞれの生活を築いていったので、愛美は、家族の崩壊していく様《さま》を、目《ま》の当たりに見せつけられた。

都会と比べて近隣の結び付きの強い信州の片田舎では、茶飲み話を通して、悪い評判が直ぐに、広範囲に伝わってゆく。

だから、高三の終わりに都市銀行に就職が決まった時ほど、愛美が嬉しかったことはなかった。

やっと、あの父親から離れ、独立することが出来る。

都会に出たら、家庭内のごたごたで評判のよくない我が家のことなど、周りの誰一人として知らないのだ。

上京する列車の中で、愛美は生まれて初めて、自分があらゆる呪縛から解き放たれていく感覚を味わっていた。

ぐんぐんと後方へ遠ざかっていく、車窓越しの風景を眺めながら、愛美の心は軽くなり、自由になっていった。

都会に出て暮らし始めたら、もう父も兄も姉も関係ない。「愛美」という個人で、自分の全てが判断され評価されるのだ。

愛美の小さな胸は、大きな夢と限りない希望で膨らんだ。

銀行は都心にある本部での研修で始まり、三ヶ月程して、それが修了すると、愛美は、世田谷の高級住宅地の一角にある、支店に配属された。

都会にしては豊かな木々の緑に、初夏の明るい陽射しが降り注いでいた。

朝は誰よりも早く出社して、事務机の雑巾がけをし、先輩達が出勤したら、直ぐに仕事が始められるように、と愛美は心掛けた。

二年目になると、愛美は窓口係に配属された。

一年目の研修で、既に、服装・作法・言葉遣《づか》い等を教えられていたが、窓口に出るようになってからは、現場の先輩が厳しく指導してくれた。

自分が一人の人間として、先輩、同僚、お客様から見られているという緊張感が、きちんと仕事をすれば評価されるという自覚を愛美に促し、そのことが自信へとつながっていった。

それとともに、田舎にいた頃よく耳にした、「母親のいない子は躾ができていない」という悲しい言葉や、「一体この子の家庭はどうなっているのか」と噂される負い目が、愛美の中から、次第に薄れていった。

ボーナスの査定では、かなりの上乗せがあり、窓口のサービスを競う「窓口競技大会」では、地域内の支店の代表として選ばれ、愛美は大阪で開催される全国大会へ出場した。

ある若い男性客からはデートの誘いがあり、別の年配の女性からは「是非、家の息子の嫁に」と請われ、いつも母親に連れて来られていた七歳の男の子からは、ラブレターとプレゼントをもらった。

そんな愛美ではあったが、心のどこかに、まだ屈折しているところが残っていたのだろうか。田舎を捨てて上京し、仕事の上では成功し満足を得られても、打ち解けられる友達がなかなか出来ず、人間関係に対しては、秘かにコンプレックスを抱いていた。

だから、愛美にとって、中学時代の同級生の孝太郎の存在は、限りなく大きかった。

孝太郎とは高校こそ別々だったけれども、その頃からずっと、友達以上、恋人未満のような関係が続いていた。

孝太郎とは度たび手紙のやりとりをし、年に二回、愛美が帰省した折には必ず会って、彼の車でドライブを楽しんだ。

孝太郎の家へ遊びに行って、彼の母親の心のこもった手料理をご馳走になったり、時には二階にある彼の部屋で、深夜まで話し込んだりもした。

孝太郎は明るく真面目で正義感が強く、それでいて神経が濃やかで繊細なところがある青年だった。細身の機敏な体でスポーツをこよなく愛し、同性からも異性からも絶大な人気があった。それでも、その人気に溺れることもなく、いつも優しいまなざしで真っ直ぐ前を見つめている孝太郎の生き方に、愛美は尊敬と憧れの入り交じった、熱い視線を送っていた。

愛美はその後、二十数年経ってから、この頃のことを振返って、女と男の、それぞれの年齢における、感覚の違いや成長の速さの違いに気付いた。

なぜ、孝太郎があのように明るく優しく接してくれたのに、愛美が一番欲しかった一言を言ってくれなかったのか。どうして、愛美の心は疾《と》うに決まっていたのに、いつも切ない気持ちを抱いて、淋しく東京に戻らなければならなかったのか。

二十歳の男の子の、夢、不安、誠実を理解するには、永い年月が必要だった。

銀行に入って三年目ともなると、窓口係の中では先輩格となり、給料は他の企業よりも高く、貯金も確実に増えていった。

しかし、当然のことながら、その代償として、常に百パーセント、ミス無しの仕事を日々求められ、そのことが愛美の心と体に、目に見えない疲労を積み重ねていった。

「結婚」という二文字が、愛美の心を過《よぎ》る。

愛美は独身寮の屋上から、五月晴《さつきば》れの澄み渡った空を見つめていた。

安らぐ家庭に入りたい。今直ぐに、というのは無理にしても、後何年《あと》で、という夢が確実に持てたなら、もう少し頑張れそう――愛美は爽やかな風に吹かれながら、独り想った。

上京したばかりの頃は、東京の空がとても狭く、暗く濁って見えたものだが、いつしか愛美も都会の空に馴れ、こうして天気のよい日には、東京の住宅地から見上げる空の様子も、捨てたものではないと思えるようになっていた。

四階建ての寮の屋上からは、田舎に比べてどこか人工的な印象を与える緑の合間に、戦前から戦後にかけての様ざまな住宅が連なり、随所に、低層のマンションが、五月の豊かな陽光を受けて白く光っているのが見渡せた。

こうして、寮の屋上に独り立っていると、遠く、空の彼方から、孝太郎の声が励ましてくれそうな気がした。

愛美の心はもう疾《と》っくに許しているのに、指一本触れない孝太郎は、きっと自分のことを大切に考えてくれているのだろう。

孝太郎と結婚したい。

彼だったら、結婚しても、自分のことをいつまでもいつまでも、大事にしてくれるに違いない。

愛美は、いつの間にか休日の昼下りの白日夢の世界に、入り込んでいたのかもしれない。

その日の夜、愛美は少し乱れた文章で、感情の迸《ほとばし》るままに、大胆な内容の手紙を、孝太郎宛に書いた。

一週間程すると、彼から律儀な返信が届いたが、その中に「ぼくはまだ若過ぎて、結婚を考えることはできません」という一文があった。

愛美はその手紙を何度、読み返したことだろう。結局、自分は孝太郎に振られたのだと思い込んだ。

夜の寮の屋上に出て、愛美は泣いた。

涙が止めどなく流れた。泣いて、泣いて、泣き腫《は》らし、最後には涙も出なくなり、住宅地の点々とした明りを、放心状態で見つめながら、この広い世界に、たった独りになってしまったと思った。

愛美は深い喪失感の中で、何日もの間、茫然《ぼうぜん》として過ごしたが、そんな状態が漸く薄れ始めた頃、小学校時代の同級生の英三から、「会いませんか」と、突然の電話があった。

4

英三は小学校時代、クラスで一番の成績で、中一の時に近くの町の学校に転校し、進学した高校は地元の名門の県立高だった。

愛美は英三から電話がかかってくる三ヶ月程前に、偶然、田舎の小道で彼と顔を合わせていた。

「今、東京の大学へ行っているんだ。そうか、あなたも東京にいるんだ。今度、東京で会いましょう。電話番号、教えてよ」

つい、彼の調子に乗せられて、電話番号を教えてしまったが、彼が去った後で、何て軽い男だろう、と愛美は思った。

だから、英三から実際に電話がかかってくるまで、彼に会ったことさえ忘れていた。

電話口の英三は、明るく半ば強引に、愛美をデートに誘った。

あの時、なぜ誘いに乗ったのだろう。

後年、愛美は何度もそのことを考えてみたが、その時は、どうかしていて、自分で自分の気持ちが分からなかったのだろう。とにかく、英三の誘いを断れなかったのである。

多少軽薄なところはあっても、英三は幼馴染みではあるし、孝太郎への一方的な恋を失った喪失感を埋めようとする、強力な心の働きがあったのかもしれない。

幼馴染みというものは、都会で会う時、ほっと一息ついて日々の緊張を解きほぐしてくれる存在であって、たとえ相手が男であっても、愛美はほとんど異性であることを意識せず、まして警戒心など持たなかった。

この心の無防備が、その後の人生をどれほど狂わすことになるか、その時の愛美は考えてもみなかった。

英三との初めてのデートは、郊外の遊園地だった。

一緒にジェットコースターに乗ると、英三はいきなり愛美の手を強く握った。

ジェットコースターを怖がる愛美の心理を利用した、としか思えなかった。

そういった行為が、会う度にエスカレートしていったので、何回目かのデートの時に、

「もうお付き合いしたくありません」と、愛美は断った。

すると驚いたことに、みるみる英三の目に、涙が溢れてきたのである。

二人は駅から離れた住宅地にある小公園のベンチに、離れて腰かけていた。

初夏の夕暮れ時で、休日のせいか、公園に人影はなかった。

「淋しい……」

驚いている愛美に向かって、英三は弱々しい声で言った。

「彼女に振られたんだ。高校のクラスメートだった子なんだけど、ずっと付き合っていて、ゆくゆく結婚したいって思っていたんだ」

夕闇の迫った人気《ひとけ》のない公園の、古びたベンチに力なく腰を降ろして、背中を丸めて顎を出し、ぼそぼそと話す英三は、いつもの軽くて強引な様子とは別人のようで、とても東京の一流大学の学生には見えなかった。

「突然、もう終わりにしたいって言われて……。どうして振られたのか分からない」

英三はとても自信を失っているように見えた。

「淋しい……」と口にした英三の淋しさの正体が、この頃《ころ》の愛美にはまだ分からなかった。

お付き合いをきっぱりと断るつもりで、英三と会ったはずだったのに、彼の様子を見ているうちに、少々同情の念も湧いてきて、愛美は戸惑ってしまった。

すると、

「腹が減ったな」

突然、思い出したように、英三が呟いた。

二人は既に街灯が点った道を駅の方角へ引き返し、ラーメン屋の狭いカウンターに向かって、黙々とラーメンを食べた。

英三はあっと言う間に平らげてしまったが、愛美は食欲を失っていたので、半分残した。

いつものように愛美が支払いを済ませて、店を出ると、二人は押し黙ったまま駅前へ出た。

駅での別れ際、意を決して「お付き合いはもうこれっきりにしましょう」と、正に愛美

が言おうとした時、

「何だか気分が悪い――熱があるみたいなんだ」

急に英三が苦しそうな顔を見せた。

恐る恐る彼の額に手を当ててみると、本当に熱くなっている。

愛美は、何だか自分が酷く悪いことをしているみたいに思えてきて、彼と別れて帰ることが出来なくなった。

仕方なしに、先ほどの小公園の側《そば》にある英三のアパートの部屋まで、今来た道を辿って、彼を送って行った。

部屋に入ると、直ぐに英三を布団に寝かせ、タオルを冷やして額に当て、愛美は何度も何度もタオルを絞って交換した。

どれほどの時間が経過しただろうか。

夜が更けて、深夜となり、英三の布団の傍らで、愛美はいつの間にか、うとうととしていたらしい。

その後《あと》の記憶は、愛美の心の奥底に封印されていて、後年、それが破られる度に、愛美は暗い想いで胸が閊《つか》え、涙が込み上げてきた。

愛美が泣いたのは、唯、悲しみからだけではなく、無念とくやしさと怒りの気持ちが絡み合った、複雑な感情からだった。

あの時、恐らくもう明け方近くになっていた、英三のアパートの一室で、自分の身に一体何が起こったのか、その時の愛美には、よく分からなかった。

幼い、と言われればその通りであったし、無知だ、と言われれば返す言葉もなかったが、その頃の愛美は、なぜか性に関しては、あまり詳しく知りたいとは思っていなかった。

だから、自分の身に生じた、極めて重大な事態を、当初は正確には受けとめていなかった。

それでも、次第に、自分が英三に何をされたのかということが分かってくると、今度は愛美の心が荒れ始めた。

こういうことは絶対に、身も心も捧げてもいいと思う相手にだけ、許すべきだったのに……。

まさか、故郷の幼馴染みが、必死の看病で疲れ切っていて、朦朧としていた自分に、あんなことをするとは、到底、考えられないことであった。

どうして、断固として、徹底的に抵抗しなかったのか――愛美は、自分の体が汚い底無し沼の中に、ずるずると引き込まれて行くような気がした。

心に深い傷跡を残したまま、それでも、愛美は英三との関係を断ち切ることが出来なかった。それは、自分はもう英三と関係を持ってしまったのだから、彼以外の男とは、過去の秘密を押し隠して結婚することなどもはや出来ない、と愛美が本気で思い込んでしまったからだった。

それなのに、そのことがあって以来、英三からは一週間に一度しか電話がかかって来ない。会うのは二週間に一度だけであったし、デートの費用は、働いている愛美が出し続けた。

愛美は虚しさと無力感を感じ始めた。

結局、自分は英三にとって、都合のいい女としてキープされているだけなのではないか。

愛美は自分の運命を呪いたい気さえした。

そうこうするうちに、英三との関係は、東京にいる愛美の兄と、銀行の上司に知られるところとなった。

銀行の上司は、特に女子行員の品行に厳しく目を光らせていた。

英三は、周囲からの圧力を受ける形で、愛美との結婚を承諾した。

その時、英三は大学卒業間近で、大手メーカーへの就職が決まっていた。


婚約期間中の英三とその両親の言動は、あまりにも世間一般の常識から懸け離れていて、その冷たさに、幾度となく愛美は傷ついた。

口惜しさと悲しさを感じながらも、自分だって、きちんとした家庭の娘とは認められないだろう、と愛美は自分に言い聞かせた。

結婚できるだけでも幸せなのだ、と卑屈な気持ちで負い目も感じていた。

英三の父親は、地元で優秀な成績を収めて東京の一流大学に現役で合格した息子に、大きな期待をかけていた。

その義父から、「息子の出世を妨げた」と言われた時、「見ていて下さいよ、これからあなたの大切な息子さんを、きちんと出世させてみせますから」と、愛美は心の中で激しく反発した。

心を込めて書いた手紙を、「字が汚い」と言われた時には、一所懸命、字の練習をしたが、「背が低い」と言われてしまうと、努力してもどうにもならず、大学に進学しなかったことと併せて、愛美の大きなコンプレックスとなった。

その身勝手な義父の意向で、既に二人で決めて申し込んであった結婚式場を解約させられ、地元で結婚式を挙げることになった頃、

「こいつ、相当、金を溜め込んでいるんだ」

英三が自慢気に、父親に言った。

英三の父親はしめたといった表情で、微《かす》かな笑いを顔に浮かべて、愛美のことを見た。

「ま、お前たちの責任で結婚することになったんだ。結婚の費用はお前たちで何とかしなさい」

父親にそう言われても、英三にはまったく金がなかったので、結局、費用は一切、愛美が受け持つことになった。

自分は、こんな形でしか人生のスタートが切れないのか……。そんな暗い気持ちになった愛美のところへ、突然、孝太郎から、予期していなかった一通の封書が届いた。

愛美は恐る恐る開封すると、食い入るように文面を追ったが、ある件《くだり》に差し掛かった瞬間、呼吸が止まったかと思った。

――二人とも若くても、相手が愛美さんなら結婚してかまわない、と両親が賛成してくれました。愛美さんさえよかったら、結婚して下さい――。

頭の中がぐるぐる回って、愛美はその場にへたり込みそうになった。

どうして……どうして……愛美は自分の犯した軽率な行動を後悔し、自分の運命を恨んだ。

結婚を決めた人に、自分の全てを捧げたかった。自分にはもう孝太郎と結婚する資格などない、と愛美は嘆いた。

頭の中の整理がつかないまま、愛美は「今、婚約中です」と、孝太郎宛に手紙を書いた。愛美の気持ちは矛盾していた。心の中は嵐のようで、孝太郎が自分を英三の手から奪ってくれたら、という期待と、彼にはもっと相応《ふさわ》しい女性がいるはずだ、という諦めが吹き荒れていた。

孝太郎からは折り返し返事が来た。

そこには、「その人と、幸せになって下さい」とあった。

孝太郎の真顔と、彼の母親の優しい笑顔が心に浮かんで、静かに消えていった。

孝太郎はその数ヶ月後に、勤め先の二歳歳上の同僚と結婚したことを、同郷の知人を通して、愛美は知った。

自分は孝太郎に二度、振られたのだ、と愛美は思った。

今度が最後で、もう孝太郎は永遠に戻っては来ない……。

その二ヶ月後の、秋も深まった大安吉日の休日に、愛美は英三と結婚式を挙げた。

式場の雰囲気から、花嫁衣装、髪のセット、化粧にいたるまで、何から何まで愛美の夢を打ち砕くのに十分なほど、野暮で映えない結婚式だった。

5

不本意な結婚式が暗示していたかのように、愛美の新婚生活は惨憺たるものであった。

メーカーに就職して日の浅い英三は、若くして結婚したことを冷やかされるのが、いやだったのだろう。毎晩のように同僚と飲んでは、深夜、倒れ込むようにアパートに帰宅した。

愛美は夕食の用意をして、今夜こそはと、夫が帰宅するまで食べないで待っているのに、期待は毎晩裏切られた。

英三は給料の大半を、飲食代と小遣いにしてしまい、生活費は、銀行を退職した愛美の、失業手当に頼る始末だった。

酔っぱらった同僚を何人か、突然アパートに連れて来ることもあった。

「泊っていけよ、遠慮はいらないから」

愛美の気持ちなど御構いなしに、勝手に泊めてしまう。

同僚の中には、愛美と同じくらいの若い独身の女性もいた。愛美は英三が付き合っている同僚達の、良識を疑った。

ある夜のこと、深夜まで待っても英三は帰宅せず、愛美は心配のあまり一睡も出来ずに、泣きながら朝を迎えた。まだ、携帯電話などなかった時代のことである。

それにしても連絡の方法はいくらでもあったはずだ。

思い余って英三の会社に電話をしてみると、夫はちゃっかり出勤していた。

「大きい声では言えないけどね、マージャンしていたら朝になっちゃってね」

電話の向こうの英三は、声は潜めてはいるものの、屈託がなく明るかった。

結婚生活は、振返ってみれば、楽しいことがなかったわけではない。

ただ、当初は、愛美にとって悲しい出来事が次々と起こると、自分はやはり、英三に真に愛されてはいないのではないか、という疑いの気持ちが常にあった。

それでも、自分は英三よりも半年、生まれが早かったし、社会体験も長い、という理由で、母性本能のようなものが働いて、彼を見守っていこうという気持ちが、心のどこかにあった。

これからは、自分の知っている限りの常識で、英三をカバーしていけばよい、と愛美は自分自身に言い聞かせた。

どうしても悲しい時、愛美は、一緒になることの出来なかった孝太郎とその母親の、二人の優しい笑顔を、心の中に並べて思い浮べた。

いつの日か再び二人に会える時が来るのなら、その折には自分の幸せな姿を見せなくては……と心に誓った。

愛美には母親がいなかったし、帰って安らげる実家もなかった。

だから、不妊治療の末にやっとできた一人娘の真矢は、自分のような片親には絶対にしたくない、という強い想いがあった。

真矢は、生命《いのち》をかけても護らなければならない。たとえ何があっても、どんなことが起こっても、自分が常に元気でいて、生き抜いていかなければならない、と愛美は真剣に思った。

幼い真矢は、男の子のように活発で、さっぱりとした性格の子だった。

娘を育てるのは、決して楽ではなかったけれど、自分に甘え、自分を頼る真矢を見守り続けることによって、愛美は確実に幸せを感じ、母親として人間として、成長していった。

その真矢が、三歳になって間もない頃のことである。

ある日曜日の午後、英三が真矢を連れて、近所に散歩に出掛けた。

九月とはいえ、まだ残暑が酷しい日盛りの中を出掛けて行ったので、日射病にでもならなければよいけれど、と愛美は一人、心配していた。

しばらくして、英三の穏やかな声が表の方から聞えて来たので、愛美はほっとしたが、玄関で真矢の顔を見た瞬間、思わず声を上げそうになった。

汗塗《あせまみ》れの真矢の額の辺りに、鮮やかな傷ができていて、その周りが青くなっているではないか。

英三は笑っている。

「いやあ、危ないとは思ったんだよ。あ、電柱にぶつかるってね。でもこれは真矢にとっていい経験になるぞ。そう思ってじっと見ていたら、やっぱりぶつかっちゃった」

愛美は言葉を失って、貧血を起こしそうになった。

血相を変えて、かかりつけの小児科の医師のところへ真矢を連れて行くと、事情を聞いた温顔の医師は、

「じっと見ていたなんて……」

首を傾《かし》げて、険しい表情を見せた。

6

英三は、真矢が生まれた頃から、一年の三分の一は海外に出張し、日本にいる時も、帰宅は深夜という生活が続いた。

過去を思い返しても仕方がない。どうなるか分からない未来を考えるのは無駄――これが英三の口癖で、彼はまた、利害関係のある仕事上の人間関係以外には、およそ人と交流しようとはしなかった。

珍しく家族三人で食事を共にできる日曜日でも、夫婦の会話は軽い受け答えで終始し、何かを話し込むなどということは一度もなかった。

愛美が思い余って何かを強く訴えたりすると、英三は決まって黙ってしまう。だから、喧嘩をすることもできない夫婦だった。

英三は声を荒げることさえなかった。泣いても怒っても、いつも愛美の独り芝居に終わった。

そんな結婚生活十二年目の春、英三に海外勤務の辞令が出た。

その頃、家族は都内二つ目の社宅で生活していたが、愛美は数ヶ月前に、検診である病気が見つかり、大学病院に定期的に通院していた。

それは、「前癌状態」と呼ばれる子宮頸《けい》癌になる前の状態で、担当医の説明によれば、今直ぐに手術の必要はないが、今後、経過を見守る必要のある状態であった。

英三の赴任先は、アメリカ合衆国中東部のケンタッキーだった。

英語が話せない愛美は、それだけでも十分に心細いのに、その上、大きな病気を抱えた身では、不安は一層大きかった。

何とか、娘と日本に残れないものだろうか、と愛美は真剣に考えた。

しかしながら、家族も一緒に渡米してほしいとの、英三の上司の意向もあったし、英三自身も、一緒に来てほしいと頻《しき》りに頼むので、愛美はどうしたらよいのか分からなくて、悩んだ。

その愛美に、ある重大な決意をさせる決め手となったのは、結局、英三が愛美に言った一言だった。

「治療も手術も、いつもの自信に満ちた明るい顔だった。

英三は、いつもの自信に満ちた明るい顔だった。

その瞬間、愛美の脳裡に、アメリカの病院での想像上の場面が、次々と浮んでは消えた。

妻のことを、流暢な英語で医師に説明している英三の様子。愛美にはさっぱり分からない、夫と医師とのやりとり。側《そば》にいる妻には何も訊かず、説明一つしないで、一方的に医師に何かを頼んでいるらしい英三の姿。

大学時代から英語が得意な英三は、相手の医師の目を自信あり気にじっと見つめ、態度も堂々としている。

想像上の場面は、これだけで十分だった。

英三は、愛美のことなど何一つ配慮することなく、明るく前向きで合理的に、何でもその場で決断してしまうに違いなかった。

くよくよしたり、後悔したり、反省したりするのは男らしくない。実に下らないことだ、と英三は常々、言っていた。

このままアメリカへ行ったら大変なことになる、と愛美は思った。

英語が出来ない自分は、自分で自分の身を護るしかない――愛美は、その時決意した。

愛美は大学病院の担当医師に、アメリカ行きの事情を話し、行く前に、日本で、子宮摘出の手術をしてほしい、と頼んだ。

医師は最初、かなり迷っている様子を見せたが、最終的に愛美の願いを受け入れてくれた。

前癌状態ならば、摘出してしまえば、転移の心配はないだろう。

娘の真矢は、まだ小学校三年生になったばかりである。自分と同じ、母のいない子には、絶対にしたくない。

愛美は真剣だった。

その時、愛美は既に三十五を過ぎていたので、真矢の他に、もう子供を産むつもりはなかった。

それでも、「産まない」という意思と、「産めない」という意識には、大変な違いがあって、これで女の人生が終わってしまうのだろうか、と愛美の心は悲しみでいっぱいになった。

「俺は何も感じないなあ」

英三に話すと、彼は笑ったが、愛美は自分の中の女の一部を失うことに、どうしても負い目を感じた。

手術で入院するために、愛美は娘を預かってくれる場所を、やっとのことで見つけ、御殿場にある公立の施設に入れてもらった。

手術は無事に終わり、退院すると同時に、愛美は英三に体を支えられて車に乗り込み、彼の運転で娘に面会に行った。

梅雨にはまだ少し間があったが、車が走り出してしばらくすると、小雨が降り出した。愛美は寒気を感じて気分が悪くなったが、真矢に会いたい一心で、目を閉じて耐えていた。

時々うとうとしながら、ずっと車のエンジンとワイパーの音が聞えていたような気がする。

車が少し揺れて、砂利道を走っているような音と振動が体に伝わって来ると、少しして車が停まった。

「着いたぞ」

英三の眠そうな声に目を開けると、真矢を預かってもらっている施設の建物が、左手に見えた。

白亜の二階建てなのだが、雨空のせいか、周囲の緑が寒々として、全体が灰色の世界にすっぽりと包まれているように霞んでいた。

真矢に会える——気持ちは逸《はや》るのだが、体が言うことをきかない。

英三に縋《すが》るようにして、やっとの思いで、愛美は玄関へ続く数段の階段を、一段一段のぼって行った。

玄関脇の狭いロビーで待っていると、直ぐに、中年の女の先生に連れられて、真矢が姿を現わした。

作業服のような制服を着た、無表情の女の先生に、真矢を預かってもらっている礼を言ってから、改めて真矢を見ると、様子が変だった。

明らかに、前とは変わっている。

両目を小刻みに瞬《しばた》かせて、チック症状が出ているではないか。

「お母さん……」

愛美の目をじっと見ると、真矢は堰《せき》を切ったように泣き出した。

「お母さん……帰りたいよう……お家に帰りたいよう……」

しゃくり上げる真矢を、しっかりと抱き締めると、愛美自身も涙が頬を伝わった。

傍らの英三を見ると、憮然とした顔をして立っている。

「アメリカ行きまで三ヶ月足らずだ。ここに入れておこう」

英三は独り言を言うように呟いた。

その平然とした横顔を見て、この人には人間の血が流れているのだろうか、と愛美は思った。

真矢は、涙ぐんだ大きな目を、盛んにぱちぱちさせながら、母親と父親の様子を交互に見比べていた。

「わたし、何でもするから……いい子になるから……お願い、お家に連れて帰って……。わたし、何でも、どんなことでも、言うことを聞くから……」

娘は必死だった。

「英三さん」

愛美は思わず大きな声を出した。

もうこれ以上、真矢のこの憐れな姿を見ていられなかった。

「お願い、真矢を連れて帰りましょう」

声が震えて、涙声になっていた。

「駄目だ、ここにおいておく」

英三はきっぱりと冷静な声で言うと、窓外の暗い風景に視線を向けた。

いつの間にか、真矢がしゃくり上げるのを止めて、ロビーの床をじっと見つめている。

表情が強《こわ》ばって、まったく体を動かさない。

「この子、これではおかしくなってしまうわ」

愛美の声は、悲鳴に近くなっていた。

「お前が甘やかすからだ」

英三はあくまでも落ち着き払っている。

愛美は涙を流しながら、何度も英三に頼んだ。

だが、英三はどこまでも冷やかな態度を変えることなく、微かに鼻先で笑っているようにさえ見えた。

退院したばかりで、よろけながら面会に来た愛美には、もう限界であった。

愛美は、帰りの車中でも帰宅してからも、涙が止まらなかった。

さすがに、この時だけは、何日もの間、英三とは口を利かなかった。夫に対して初めて、愛美は激しい怒りの感情を露《あらわ》にした。

この怒りと、どうしようもない悲しみに比べたら、手術前後のあの苦痛や悲しみなど、遥かに軽く、小さなことに思えた。

真矢は、どんなにか傷ついたことだろう。

愛美も同じくらい、深く傷ついていた。

愛美が頑なに口を利かなくなったことが、余程こたえたのか、最後には英三が折れた。

真矢を家に戻し、その数日後に、家族よりも一足《ひとあし》早く、英三がアメリカへ発《た》った。

家政婦と真矢に家事を手伝ってもらいながら、何とか一ヶ月後には、愛美の体も回復してきた。

アメリカでは車の運転が出来ないと、日常生活が送れない。だから、愛美は直ぐに教習所通いを始めた。

必死の努力の甲斐《かい》あって、一ヶ月で、どうにか免許を取得すると、休む暇もなく、愛美は荷物の整理と片付けに着手した。

船便、航空便、日本に置いておく物、の仕訳作業である。

徐々に荷物を送り出し、やがて部屋に何もなくなり、いよいよ明日、真矢と共にアメリカへ、という日が訪れた。

愛美の体重は三十七キロにまで落ち、鏡の中の自分の姿は、すっかり瘦せ細ってしまい、その姿を直視するのが辛かった。

7

渡米先はアメリカ中東部の州都で、愛美は結局、そこに五年間住むことになった。車で往き来できる範囲に住んでいる、日本人駐在員家庭の数は、二百を越え、日中、奥様方の社交が行なわれる日本人社会は、それはそれは盛んであった。

海外生活に慣れている奥様方が多く、ホームパーティーにさり気なく出される料理の中には、よく工夫されてシェフ並みの品もあり、愛美はパーティーに呼ばれる度に、目を丸くしていた。

高価なブランド品の食器類、洗練されていて美味な料理、粋《いき》なモデルルームのように磨きあげられた室内。

見るもの、聞くものの全てが、愛美にとって新鮮な体験であった。

パーティーでの話題には、誰それは何々大学の出身ということが、必ずと言ってよいくらい登場した。中には、自ら自分の出身大学を口にする者もいた。

無論、話題に上《のぼ》るのは、名門の大学に限られていた。

英語が特に堪能な夫人達は、小中学校のボランティアとして、あるいは各種の団体のアシスタントとして活躍していた。

英三の会社の副社長が、ある期間、夫妻でこの地に滞在していたことがある。

副社長はなかなかの遣《や》り手で、次期社長と言われている人物だった。

この時の、英三の会社に夫が勤めている夫人達の、それぞれのアピールぶりには、凄まじいものがあった。

愛美は、まるで映画かテレビでしか見ることの出来ないドラマの世界へ、現実に入り込んでしまったかのような錯覚を起こしそうだった。

営業系の副社長がナンバーワンの座であるとすれば、ナンバーツーの座にある技術系の専務も同時期に滞在していて、たまたま二人の奥様方が、英語にしても車の運転にしても、あまり得意ではないことが分かったから大変である。

二人の奥様のために、たとえ私生活を犠牲にしてでも、競って至れり尽せりの、妻軍団が出現した。

もちろん、夫の出世コースを考えて、どちらか自分達に有利な側について、徹底的に奉仕するのである。

時には通訳として、はたまた車の運転手として、料理であれ、趣味であれ、自分の持てる全てを提供して、二人の奥様に、何々の妻であることを、繰返しアピールするのである。

愛美は自分の夫のことを考える時、この、有名大学卒、名門の大学院出身、元スチュワーデスをステータスにしているらしい、大多数の夫人達に違和感を感じた。

だから、高校を出て直ぐに就職し、五年間銀行に勤めた体験から、ある時、英三に言い聞かせるように言った。

「ねえ、そもそも出世は、自分の力で登りつめることでしょう。もし、妻のアピールで出世することが出来るような会社なら、大した会社ではないわね。私はあんなこと、したくないわ」

ソファーに寝転んでいた英三は、もぞもぞと体を起こした。

「そんなことはないさ」

眠そうな声だったが、珍しく真顔になっている。

「お前がアピールすれば、俺はいろいろな面で有利になるんだよ。そこのところはうまくやってほしいな」

英三は、本気でそう信じているらしかった。

仕方がないか――愛美は心に余裕を見せて、妥協することにした。

本意ではないけれど、相手方に失礼のない程度に、妻軍団と行動を共にしよう。

愛美は心の中で苦笑した。

ところが、実際に行動を開始してみると、何の因果か、夫の出世コースとは無縁の、ナンバーツーの奥様に、心底から惹かれてしまった。

その夫人は名前を田代富士子と言ったが、その行き届いた心配りに、愛美はまず感服した。

夫の部下の家族の名前まで覚えていたし、若い夫妻の間に生まれた生後三ヶ月の女の子を見ると、まるで自分の孫に接するように、目を細めていた。

田代夫人はまた、相応しい機会に、相手が喜ぶ、ぴったりの贈物をする天才でもあった。

「愛美さん」

夫人は直ぐに名前で呼んでくれるようになったが、その声の上品で優しかったこと……。

付き合いが長くなるにつれて、田代夫人は正義に反すること、筋の通らないことが大嫌いであることも分かった。

そういった場面では、普段物腰の柔らかな夫人が、毅然《きぜん》たる態度で、はっきりと自分の言うべきことを言った。

愛美にとって、田代夫人と過ごす時間は、正に至福の時で、女として人間として大切なことを、どれ程、夫人から学んだか、計り知れない。

愛美こそ、夫の希望には副えなかったが、そんな愛美の周りで、妻軍団の行動は、ますますエスカレートしていった。

一方で、日本人社会の中で、毎日活き活きと活躍している、他の夫人達とは反対に、多勢の中にいると、愛美は次第に自信を喪失し、気後れを感じ始めていた。

英語に関しては、高校が商業科で程度が低かった上に、苦手科目でもあったので、なかなか自分の意思を正確に伝えるレベルまでは、上達できなかった。

運転にしても、まだまだ初心者も同然で、料理にしても、家庭料理の域を出ていなかった。

趣味はと言えば、美術を中心に様々な分野に手を染めてはいたものの、あくまで「趣味程度」で、とても人様に教えたりするところまでは到っていなかった。

愛美は、周りの夫人達に、前にも増して違和感を感じるようになり、得体の知れない疲労が積み重なっていった。

ちょうどその頃、愛美は歯科クリニックで、生涯忘れられない経験をした。

奥歯が急に痛くなったので、以前行ったことがあって、気に入っている歯科クリニックに、連れて行ってほしいと英三に頼むと、

「あそこはもう行けないよ。今度の保険では診てもらえないんだ」

テレビの画面から目を逸らさずに、彼が応えた。

「どういうことなんですか、それ」

「保険を安い方に変えたのさ。健康保険に無駄な金は使いたくないからね。何、心配はいらないよ。歯科クリニックなんて、どこも大した違いはないさ」

愛美は心配だったが、とにかく奥歯が酷く痛むので、英三に頼んで、新しい健康保険で診てもらえる歯科クリニックへ、連れて行ってもらった。

車で十分程の、その歯科クリニックへ行くと、目のぎょろりとして痩せ細った白人医師が診てくれた。

「歯を何本か抜くそうだ」

歯科医師と話していた英三が、愛美に言った。

「そんな――今直ぐにですか……いやです」

「何も心配はいらないさ」

英三が、その初老の歯科医師と目を見合せて笑った。

「悪いところは全部取ってもらった方がいい。そうすれば口も臭くなくなる」

「え、私、口臭があるんですか」

愛美は泣きそうな声で訊いた。

「こんなことを言えるのは俺だけだからな。人は言ってくれないぞ。さあ、この先生に任せて、まとめて抜いてもらいなさい。俺は仕事で人と会う約束をしているから、ちょっと事務所の方へ行くが、後で戻って来るから」

そう言ったかと思うと、英三は、歯科医師と二言三言、会話を交わして、診療室から出て行ってしまった。

愛美は直ぐに麻酔注射を打たれ、恐怖に戦《おのの》いて心臓が激しく脈打つのが感じられたが、一本目の歯は何とか無事に抜けた。

歯科医師は血の付いた右奥歯を、ピンセットで摘んで愛美に見せてくれたが、笑うと、歯科医師のくせに歯並びが悪かった。

休む間もなく、二本目である。

異変は、その時起こった。

再び麻酔注射を打たれた直後に、愛美は、すーっと血が引いていく感覚に襲われ、意識を失いそうになった。

力が抜けて、声も出ない。

こうして私は死んでいくのか、と愛美は遠ざかっていく意識の中で思った。

これが、私の運命だったのか——妙に、冷静にそう思った。

意識の果てで、早口の話し声が聞こえ、人が慌ただしく動き回る気配があったかと思うと、愛美は何かで口を覆われた。

すると、意識が次第にはっきりしてきて、自分が酸素吸入をされているのが分かった。

治療は中止となり、待合室の黒いソファーに寝かされて待つこと三十分、英三が車で戻って来た。

「あれ、どうしたんだ。何で寝てるんだ」

英三は不思議そうな顔をしたが、それ以上は何も訊かず、歯科医師に確かめようともしなかったので、愛美は呆れて、無言で車の助手席に乗り込んだ。

車の中で、涙を流しながら、事の顚末《てんまつ》を愛美が話すと、

「そうか、大変だったな」

英三は事も無げに運転している。

「少しも大変だったと思っていないじゃないの」

愛美が悲愴な面持ちで抗議すると、

「別の歯科クリニックに行けばいいだろ。命に別状があったわけでなし、ちょっと貧血を起こしただけさ。済んだことだ。今更考えても仕方がないことだ」

英三が話しているうちに車は家に着き、それで話はおわりだった。

この頃からである、愛美の心身の疲労が酷くなったのは……。

朝、目が覚めても体が重い。無理して起きても力が湧いてこない。まるで思考が停止してしまったかのように、何も考えられない。

家事がとても辛くなった。仕方なしに愛美は日中、ベッドに横になったが、いくらでも眠ることが出来た。

遠くで、犬が吠えているのが聞こえ、突然の激しい雨音がした。

眠っても眠っても、体がだるく、気力が失せていた。

英三は何も文句を言わなかったが、かと言って心配しているようには見えなかった。

娘の世話も出来ないし、夫の面倒も見られない。二人に済まない、と愛美は思った。

自分は役立たずの人間だ。自分のような人間は生まれて来なければよかったのかも知れない。

ある夜、英三に向かって、愛美は思い余って、自信を失って劣等感でいっぱいの胸の内を語った。

「お前のような人間も必要なのさ」

英三は、いつもの明るく自信に満ちた表情で、愛美をちらっと見た。

「周りの連中は皆、競争心がいっぱいで自分をアピールしようとしているだろ。だから、そういう連中の中に、お前のように何もない人間がいると、それだけで皆、ほっと出来るんだ」

英三は満足そうだった。

この時、不意に、愛美は英三から暗示をかけられたのかも知れない。

気弱になっていて、頭もよく働かなかったので、何も考えずに英三の言葉を受け入れてしまったのだろう。

これからは、相手からほっとしてもらえる人間として生きて行こう。目立たないように、主張しないように……。

愛美は、そう信じ、思い込んだ。

それでも、悟ったつもりではいても、何かの折に、愛美の心の奥底に眠る、プライドのようなものが顔を出して、また、うつ状態になって寝込んでしまう。

そんな状態を繰返している母親の姿を、真矢はじっと見ていたらしい。

小学校四年の娘の、自分に対する視線が、以前とは違っていることに、ある日、愛美は気が付いた。

8

アメリカ人の帰宅時間は早く、その習慣に合わせて、英三も早く帰って来る。

英三は、十人程の現地採用のアメリカ人のボスとして、得意の英語を活かし、仕事は大変でも活き活きとしていた。

親子三人の、共に生活する時間は、日本にいた頃よりも長くなり、会話も増えた。

ある日の夕食中、愛美はその日あったことを英三に話していた。

すると、突然、

「結論から先に言ってくれ」

強い口調で、英三が会話を遮った。

「お前の話はいつも分からん。何を言っているのか、言いたいのか。仕事の世界では、そんな話し方は通らないぞ」

英三はいらいらした表情で、不愉快そうに味噌汁を掻き込んだ。

「どうして……」

突然、話を中断されて、愛美は涙が出そうになった。

「世間話をしているだけなのに……どうして結論を先に言わなくてはいけないんですか……」

最後の方は感情が高ぶってしまって、ほとんど言葉にならなかった。

英三は知らん顔をして、食事を続けている。

愛美は全てに自信を失っていたので、それ以上強く自分を主張することが出来なかった。

口惜しさと悲しみで胸が塞がった愛美を、半ば憐れむように半ば軽蔑するように、真矢が黙って見ていた。

アメリカ時代の愛美は、こうして、あらゆることに自信を失っていったので、いつの間にか英三の保護なしでは生きていけない、弱々しい妻になってしまった。

外に出掛けても、英語が思うように話せないので、いつもおどおどしている母親の姿を、娘ははっきりと馬鹿にし始め、一方で、その反動のように、父親と急速に仲良くなっていった。

母親の愛美から見て、真矢はこの頃を境に、考え方や行動の仕方が大きく変わったように、思えてならない。

いつも前向きで決断するのが早く、英語が得意で余計なことは一切考えない父親が、真矢の理想像となったのだろう。

その後、英三はかなり重要な件であっても、愛美に何も相談しないで決めることが多くなり、家計も全面的に握ってしまった。

日本に戻る二年前の秋に、英三は帰国したら家を建てる、と宣言した。

二人には、東京から一時間程の場所に、既にローンを払い終えた土地があった。

愛美は新築の家に住むことが、若い頃からの念願だった。

生まれ育った長野の家は、古くて汚かったし、銀行時代の独身寮を経て、結婚してからは、決して新しいとは言えない社宅を転々とする生活が続いている。

新築の家に住める――愛美の夢は広がった。

家の間取り。どんなキッチンにするか。庭は、たとえ狭くても、好きな色とりどりの花を咲かそう……。

目を閉じると、新しい家のイメージが、少しずつ鮮明になってきた。

更に、日本にいる知人を通して資料や情報を集め、娘の進学先についても考えた。

近くに、海外からの留学生を受け入れている大学があることも分かったので、その一人をホームステイさせて、代わりに英語を教えてもらおうか……。

それに、日本の社宅では飼えなかった犬も飼いたい。

愛美は未来に希望が持て、限りなく夢が脹らんでいった。

だから、英三に辞令が出て、待ちに待った帰国が決まった時、これで、いよいよ本当に家を建てられるのだ、と愛美は小躍りしたい気分だった。

「日本に帰ったら、やっと新しい家に住めるのね。家が建つまでの短い間だったら、社宅生活も、もう少しの辛抱ね」

夕食がおわって、淹《い》れ立ての珈琲を英三の前に置いたが、彼にしては珍しく、何か考えごとをしている様子である。

言ったことが聞こえなかったのだろうか、と愛美が思った時、

「実はね……」

英三にしては低く、重い声だった。

「広尾の社宅に住むことにしたよ」

「どうして、うそでしょ……」

愛美は気が抜けて、その場にへたり込みそうになった。

「分かってくれよ。もう手続きも済ませてしまったんだ」

英三は結論を言ってしまうと、後は、いつもの明快な口調になって、理由を説明し始めた。

愛美の目の前で、音を立てて、愛美が心に描いてきた全てが、砕け、崩れ去っていった。

日本にいる同僚と国際電話で……通勤時間が一時間半もかかることが……仕事に全てを賭けたいから……広尾は都心にしては……。

半ば放心状態の愛美の中を、英三の言葉がとぎれとぎれに、虚しく通り過ぎていった。

9

帰国して住み始めた広尾は、隣接する六本木と共に、愛美にとって非日常の世界に感じられた。

生活の匂いのしない街、と言ったらよいのだろうか。

代々《だいだい》住んでいる人々もいるらしかったが、都会の光と影を思わせる、得体の知れない、最新のファッションに身を包んだ人々が、盛んに出入りしていた。

緑が結構豊かに残っていて、いくつかの大使館が異国情緒を競い、洒落たマンションがいくつもあった。

自分の国に帰って来たのに、愛美は軽いカルチャーショックを受けそうだった。

帰国前に心に描いていた、新しい土地での生活設計は、泡のように消えていき、また、通算十三年の社宅生活の続きが始まった。

真矢は地元の中学に通い始め、愛美は銀行にパートとして勤め始めた。

愛美が銀行の仕事を始めたのは、真矢が成長して、あまり手がかからなくなったこともあったが、英三が頻繁に海外出張で家を空け、日本にいる時も帰りが遅かったからである。

アメリカ時代とはまったく生活が変わって、家族三人で食卓を囲む機会は、極端に少なくなった。

愛美は銀行の仕事に慣れるにしたがって、少しずつ昔の自信を取り戻し始めた。

一つには、職場での人間関係にとても恵まれたことがある。

九人のパート仲間の面々は、それぞれの個性の持ち主であったが、よくまとまって仲が良く、愛美も直ぐに、すんなりと、その輪の中に溶け込んでいった。

社宅での、夫の立場を考えての付き合いでもなく、子供の関係で知り合った人間関係でもない、気楽で自由な仲間たちであった。

年齢層も、下は二十歳から上は五十代の半ばまで、と幅広く、愛美はその中で働いていると、時々、本当の家族の中で過ごしているような気さえした。

帰国して二年程して、英三の父親が亡くなり、その翌年に愛美の次兄が亡くなり、三ヶ月後に自分の父親が亡くなった。

次兄は五十六歳の若さだった。

三人の亡くなり方は、三人三様だったけれども、通夜から葬儀にかけての、集まった人々の人間模様は、故人の生前の生き方が、そこに集約されているようで、興味深かった。

本人たちは、死をもって完結したつもりでも、残された人々には、新たな争いの始まりということもあっただろう。

立て続けにこの世を去った三人は、愛美に改めて生きる意味を、深く考えさせた。

その三ヶ月後、また悲しい出来事が起こった。

社宅で秘かに飼っていた、ペットのうさぎが謎の死を遂げたのである。

愛美の必死の看病も虚しく、二歳の若さで呆気なく死んでしまった。

診てくれた中年の獣医師は、腰に強い衝撃を受けた可能性がある、と愛美に言った。

小さな「ラビ太」が家の中をうろちょろしている時は、細心の注意を払っていたつもりだけれど、考えられるとすれば……愛美は、はっとして、そこで考えるのを止めた。

いくら英三に不注意なところがあるからといって、夫を疑うのはよくないと思い止《とど》まった。

その頃から愛美は書店へ行っては、「死後の世界」に関する本を手にとるのが習慣になり、同時に「ラビ太」がいたことによって、自分がどれだけ癒されていたかを知った。

社宅の直ぐ側にある公園に、ほんの小さな池があった。

その池畔にある大きな木の根元に、ラビ太の小さな墓をつくって、そこへ行ってラビ太に話しかけるのが、愛美の日課になった。

また、ある時は、社宅の四階のベランダから、都会の秋空をぼんやりと見上げていると、小さく丸まって眠っている、ラビ太にそっくりの雲が浮かんでいるのに気付いて、愛美は思わず呼びかけそうになった。

ラビ太がこの世からいなくなって初めて、自分がどれ程、ラビ太に心を注いできたか、愛美ははっきりと分かった。

ラビ太がいなくなると、自分自身も自分の人生も、とても虚しく空っぽのような気がした。

自分は本当は誰も愛してはいないし、誰からも愛されていないのではないか、と愛美は思った。

愛美はすっかり体調を崩してしまい、新宿へ買い物へ出掛けても、人込みの中で目眩《めまい》を起こして倒れそうになり、自分の心だけでなく体力にも自信を失いそうだった。

そんなある日、深夜、突然激しい嘔吐に襲われ、救急病院へ行き、貧血であることが分かったが、いくら検査しても原因は不明だった。

帰国後、歯の治療を終えていたのに、口臭があると英三に指摘され、その場で歯を磨いても尚、臭うと言われた。

自分の体はどうかなっているのだろうか、と愛美は悲しかった。

どこか体が悪いのだろうか。どこの病院へ行ったら原因が分かるのだろうか。もしかすると、周りの全ての人に不快感を与えているのかも知れない。

愛美は人に近付けなくなり、相手が寄って来ると恐怖さえ感じるようになった。

そうなると、いつも暗い気分になって、ちょっとした会話を楽しむことも出来なくなった。

そんな愛美のところへ、英三の母親が頻繁に電話をかけてくる。

義父が亡くなって、話し相手がいなくなったからだろうか。

話したいだけ話して、言いたい放題言った後で、愛美が一言、何かを言っただけで、

「何を言ってるの、愛美さんは気が強いんだから」

それだけ言って、一方的に電話が切れる。

もう、うんざりだった。

愛美は我慢の限界に達していて、義母の声を聞くのも嫌だった。

英三に何度も訴えた。

英三はいつも、ただ黙っているだけだった。

その英三が、別の機会に、何気ない会話の中で、

「マンション、買わないか」

と、出し抜けに訊いた。

「どうしてですか」

「おふくろとか兄貴が上京する時、一人になれる部屋があった方がいいと思わないか。ここじゃ、おふくろにかわいそうだよ」

（「もう、いい加減にして！」）

愛美は心の中で絶叫した。

自分は、家族にとって何なのだろう……。

そのことを確かめたくなって、ある時、愛美はわざと冗談っぽく、英三に言った。

「私が突然死んでしまっても、半年もしたら、『いつまでも悲しんでいても、お母さん喜ばないから忘れような』って、あなたは真矢に向かって言うんでしょうね」

「その方が、お前も安心して死ねるだろ」

英三も笑顔で冗談のように応えたが、愛美はどうしようもないくらい悲しかった。

自分は夫に、「そんな、よしてくれよ。お前が死んだら、俺や真矢はどうすればいいんだ……」とは、言ってもらえないのか。

所詮、自分の人生はこんなものなのか。

愛美は、ラビ太の墓のある公園へ行って、しばしの時を過ごした。

帰って来ると、ポストに、同窓会の通知が来ていた。

10

孝太郎はどうしているのだろう。

中学校の同窓会のお知らせを見ながら、愛美は思いを、若き日々に馳せていた。

孝太郎に会いたい。でも、今の冴えない自分の姿は見せたくない。

久しぶりの同窓会だったが、愛美は出席を断念することにした。

同窓会の事務局宛の、「欠席」に印をつけた返信用葉書を、公園脇のポストに投函すると、若き日の孝太郎の笑顔が、鮮烈に心に浮んできた。

金属的な冷たさを感じさせる真青な冬空に向かって、公園沿いの木々の枯枝が、手を差し伸べるように伸びていたが、その冬空に、孝太郎の笑顔が重なった。

優しく爽やかな笑顔だった。

次の同窓会には出よう。それまでには、何とか孝太郎に見られても恥しくない姿になろう。

たった一通の同窓会の通知が、愛美に生きる力を与えてくれた。

春はもう直ぐそこまで来ていた。

桜の季節には、真矢は高三になる。

高二の一学期頃から、薬学部に行くか医学部に行くか迷っている様子だったが、友達の影響もあってか、高二の秋に、医学部を受験することに決めたようだった。

母親を心のどこかで馬鹿にする態度は、帰国後もずっと続いていて、愛美の方から何かを訊いても、

「母さんには関係ないでしょう」

の一言で撥ね付けられてしまう。

通っている高校は、国公立の医学部に二十名は合格する進学校で、三者面談の折、担任の教師は真矢が医学部を志望していることに、反対はしなかった。

「化学が今後どれだけ伸びるか、が合格の決め手になるでしょうな。あと、お母様は意外に思われるかも知れませんが、英語も問題によっては得点力が落ちることがあるんですね」

この小太りの中年の教師の言ったことは、正しかった。

いわゆるマーク式の模試の場合、英語は常に高得点だったが、記述式になると思った程、点が取れなかった。

化学の偏差値も停滞気味で、愛美はやきもきした。

愛美が不安のあまり、少し厳しいことを言うと、ぷいっと自分の部屋に閉じ籠もってしまう。

勉強しているのかいないのか。

日中、掃除をしようとして真矢の部屋に入ると、机の上に漫画本が開かれている。

夕食後、愛美が食器を洗いおわっても、まだ真矢は居間のコンピュータに向かっている。

少しは注意してくれるように英三に頼むと、

「心配はいらないだろ。本人に任せておけばいいのさ」

まるで他人事である。

英三は真矢の入学式にも卒業式にも、わざわざ学校が便宜をはかってくれた休日の授業参観にも、出席したことがなかった。

たった一回だけ、小学校の低学年の時の運動会に、愛美が引っ張って行ったことがあったが、真矢が参加する競技が終了すると、直ぐに家に帰ってしまった。

他の父親達が、カメラやビデオカメラで、熱心に我が子を撮っている姿を見て、愛美は真矢がかわいそうで仕方がなかった。

英三はたった独りの実の娘にさえ、人並みの関心がないのだろうか。

愛美独りで心配し、焦っているうちに、年が明け、センター試験を迎えた。

センター試験の結果は思わしくなく、この時はさすがの真矢も顔色が変わった。

二次試験で挽回するしかない、と思ったのだろう。

漫画からもコンピューターからも離れて、深夜まで一心不乱に勉強するようになった。

そんなある日のこと、珍しく真矢が明るい顔で帰って来た。

「先生がね、英作文、添削してくれた」

ぶっきらぼうだけれども、嬉しそうなのが分かった。

しかも、真矢の方から愛美に話しかけてきたのである。

「倉本先生っていうんだけど、結構、評判よくてね」

どうやら、先生というのは、直前講習に通っている都心の予備校の先生のことらしい。

「よかったわね、いい先生で」

教師に対する不信感では人後に落ちない真矢のことだから、余程のことだろう、と愛美も喜んだ。

「評判の先生だったら、授業の方も、さぞかしお上手なんでしょうね」

「らしいよ」

「らしいよ――って、あなたが習っている先生ではないの」

「うん、友達が、倉ちゃんなら何でも相談に乗ってくれるよって言ったから」

「まあ……」

愛美は呆れて、娘の平然とした顔を見つめた。

「でも、ちゃんと断ったよ。先生に習ってないんですけど、いいですかって。そしたら、もちろんって笑ったよ」

「そりゃ、そう言わざるをえないでしょう、先生としては――でも、よかったわ、真矢がこんなに喜んでいるんだから」

「うん、納得っていう感じだったよ」

真矢が笑った。

久しぶりの笑顔だった。幼少の頃を彷彿《ほうふつ》させる、茶目っ気のある笑顔だった。

翌日の午後、愛美は数少ないアメリカ時代からの友人の一人である、美千子のところへ電話した。

受験生の親としては、美千子の方が先輩だった。

真矢の実情と本人が納得したと言っている予備校の先生のことを話すと、

「今の真矢ちゃんの話だったら、少々お金がかかっても、プロの方に指導を頼んだらどうかしら」

美千子は真剣な声で、アドバイスしてくれた。

これは、もしかすると、真矢にとって大変なチャンスかも知れない、と愛美の心が動いた。

その倉本先生という予備校の先生に、受験までの数回の家庭教師を頼めないものだろうか……。

「真矢、その先生に短期間だけ、家庭教師に来ていただけないかしらね」

夕食の後で愛美が話すと、

「明日、頼んでみるよ」

真矢が目を輝かせた。

翌日、真矢が打診したらしく、夕刻、愛美が仕事から帰ると直ぐに、倉本先生本人から電話があった。

「こういうことは一応、お母様にお話ししないと、と思いまして」

倉本先生は遠慮がちの声で前置きしてから、

「今、受験期なので、空いている時間があります。そちらさえよろしければ、そうですね、七、八回くらいならご指導できると思います」

少しハスキーで、どこか律儀な感じのする声だった。

話はとんとん拍子に決まり、早速、三日後の金曜日に、倉本先生が広尾の社宅に来てくれることになった。

11

倉本誠は不思議な人であった。

玄関で初めて見た彼は、背がとても高くて、おとなしそうな三十代の男性、といった印象であった。

小柄な愛美は彼の肩までもなかったので、ほんの少しの間、話しただけで、首が疲れそうだった。

早速、居間で指導が始まったのだが、隣の部屋で全身を耳にして聴いていた愛美は、その指導ぶりに脱帽した。

あの自己主張と個性の強い真矢を黙らせて、どんどん勉強を進めるリズムと速さ。

あの集中力のない娘が、いつまでもしっかりと聴いて従っているではないか。おとなしそうに見えたのは外見だけであって、真矢に英語を教えている彼は別人のようだった。

めりはりのある、歯切れのいい教え方。

「これ、ワケ分かりませんよね」

と、真矢が投げ出そうとしても、

「いや、ワケ分かるよ」

と切り返すユーモアのセンス。

予備校の先生に個人指導をお願いしたとなると、さぞかし指導料も高いだろう……しっかり教えてもらえるのだろうか。

この心配は完全に消えた。

アメリカ時代以来、真矢のために何人かの家庭教師に来てもらったことがあるが、愛美はそのいずれに対しても、不満があった。

アメリカ時代に日本の勉強を見てもらった日本人の男子学生は、真矢の漫画の話に乗せられて、ちっとも勉強が捗《はかど》らなかったし、同じく二十代半ばの女子大学院生は、最初から約束の時間に五分遅れ、その後も毎回のように十分から十五分遅れて来た。

帰国してから広尾の社宅に来てもらっていた、三十代の英国人女性は、英会話の教え方はきちんとしていたが、勉強以外の世間話は一切せず、冷たい印象を与えた。

愛美が家庭教師に納得し満足したのは、今回が初めてであった。

やはり、プロの家庭教師は違う、と愛美は実感した。

真矢の指導がおわった後で、そのことを彼に伝えると、

「僕はプロの家庭教師ではありません」

少し照れたように笑った。

「大学受験生を相手に、予備校で二十年以上英語を教えて来ましたが、お金を頂いて個人指導をしたことは、数える程しかありません」

予備校で教えることと個人指導をすることを、きちっと区別している彼の職業意識を知って、愛美はますます彼の人柄が気に入った。

軽食を用意しましたから、と勧めると、彼は恐縮して辞退したが、真矢のことで御相談

したいこともありますので、ともう一度勧めると、

「それでは、折角ですので、お言葉に甘えて、いただいていきます」

来た時よりも、打ち解けた笑顔で愛美を見た。

真矢のことで、しばしの間、二人が話に熱中していると、真矢本人は、彼に勧めたはずの、大皿に載った愛美特製の寿司を、勝手に小皿にとって、黙々と食べていた。

愛美がはらはらしながら彼の話を聴いていると、彼も気付いて、

「これだけ食欲があれば、勉強の方もパワフルに頑張れそうですね」

「恥しいわ」

愛美は顔が火照《ほて》る思いがした。

「あなたはもういいから、自分の部屋に行って勉強なさい」

真矢は母親に追い払われるように、まだ口をもぐもぐさせながら、自分の部屋へ消えた。

「そろそろ失礼しないと……」

彼が遠慮して、立ち上がろうとしたが、

「先生、まだ召し上がってないじゃないですか」

愛美が笑顔で制した。

「あ、そうでした。少しいただいてから帰ります」

彼は愛美のお手製の寿司を、二つ三つ小皿にとると、その一つを口に含み、

「さっぱりしていて、おいしいですね。それに、健康を考えて作っていらっしゃいますね」

ゆったりと味わうように食べた。

二人の話は、自然に世間話になり、彼が独り暮らしだということが分かったので、

「結婚はなさらないんですか」

思わず訊いてしまった。

ほんの少し間があって、彼の顔から笑顔が消えた。

「二年前の春、独り息子が高校を卒業すると同時に、家内は息子と出て行ってしまったんです」

「そんな大きな息子さんがいらっしゃるんですか」

「ええ。小さい頃の息子との思い出はたくさんあるんですけどね……。中三の頃から、僕とはまったく口を利かなくなってしまって」

彼は笑顔こそ消えていたが、決して暗い表情ではなく、淡々と語った。

「息子さんは今、大学生なんですか」

「ええ、もう直ぐ三年になるはずです。僕とは全然違って、建築を専攻しているんです」

最後のところだけは嬉しそうに言った。

息子が大学生――それに、真矢の指導がおわった直後に、予備校で二十年以上教えた、と言っていたはずだ。となると、彼は三十代ではなく四十代なのだろうか……。

意外と自分とか英三と、あまり変わらない年齢なのかも知れない。そう思うと、愛美は彼に対する親しみの念が増した。

「いくら何でも、もう失礼しないと……」

その日は結局、一時間程で、愛美のもてなしに対して丁重にお礼を言って、彼は帰っていった。

こうして、二回目、三回目……と、真矢の指導がおわると、毎回、お茶や軽食を用意して、愛美は彼との交流を享受した。

真矢の指導中とは打って変わって、穏やかな顔をして、人の心をほぐしてくれるように、彼は話した。

娘のことでは、誠心誠意、愛美の話を聴いてくれ、的確なアドバイスをしてくれた。教え子の個性を尊重し、その成長を見守るまなざしの優しさに触れて、愛美は心温まる思いがした。

爽やかな清潔感を漂わせながら、穏やかに語る背後から、彼の情熱と繊細な心の動きが伝わってきた。

愛美は真矢のことだけでなく、自分のことも彼に語った。

どうして、この人には自分のことが、何の抵抗もなく語れるのだろう。どうして、こんなにも素直に自分の気持ちを言ってしまうのだろう。

愛美にとって、彼は本当に不思議な人であった。

四回目、五回目……と指導が重なり、真矢は信じられない程、我武者羅《がむしゃら》に勉強するようになり、勇ましい顔つきになった。

八回目の指導で、真矢は第一志望の国立大医学部の入試を迎えることになり、これが最終回となった。

最後の指導がおわった後、いつものように語り合いのひとときを期待していた愛美に向かって、

「今日はこの後、仕事関係の人と会わなければならないので、これで失礼します」

彼は恐縮した表情で立ち上がった。

真矢は、今日も先生と母親がしばらく話をする、と思ったのか、既に自分の部屋に消えていた。

その真矢を呼ぼうとした愛美を制するかのように、玄関に向かいかけた彼が、突然、振返った。

「今後、真矢さんのことで何かありましたら、どんなことでも構いません、いつでもお電話下さい。独り身ですから、遅い時間でもご遠慮なく」

彼は真剣な目をしていた。

愛美は丁重に御礼を言って、また真矢に声をかけようとしたが、

「呼ばなくて結構です。勉強しているのでしょうから。では、失礼します」

愛美が開けた玄関の扉を、摺り抜けるようにして表に出ると、彼はさっと振返って軽く

会釈し、くるりと長身を翻して、足早に階段の方へその後ろ姿が遠ざかっていった。
これで、倉本先生に家庭教師をお願いした日々はおわった。
愛美は、しばらくの間、その場に佇んでいた。

12

結局、真矢は滑り止めに受けた私大の薬学部には受かったものの、国立大医学部は二つとも失敗におわった。

すっかり自信を無くして部屋に閉じ籠もり、愛美が声をかけても返事をしない。中に入ろうと思ってノブを回しても、鍵がかかっていて入れない。

母親として、しっかりしなければと思いながらも、不安と心配で、いても立ってもいられない気持ちだった。

前夜遅くに、英三が仕事から帰って来た時に、愛美は縋《すが》るような気持ちで、真矢の様子を伝えたのだが、英三はかなり酔っていて、服を脱ぎ散らして、ソファで寝てしまった。

一月中旬に実施されたセンター試験の自己採点の結果を報告した時も、

「駄目じゃないか。今年はもう諦めた方がいい。これじゃ受かるわけがない。駄目だ、駄目だ」

大きな声を出して、そのままソファに、ごろりと体を横たえた。

真矢がたまたま入浴中だったので、本人がその場にいなくて本当によかった、と愛美は胸をなでおろした。

真矢は思い詰めると何をするか分からない。

愛美は仕事中も心配で、昼休みに自宅に電話したが、真矢はいるのかいないのか、電話に出ない。

帰宅すると直ぐに真矢の部屋をノックしたが、中から返答はない。

ノブを回すと、鍵がかかっていた。

「真矢、真矢」

呼びかけてみると、

「大丈夫だよ、母さん」

元気のない、真矢の声が返ってきた。

愛美は涙が込み上げてきた。

その時、居間の電話が鳴った。

愛美は涙を拭って電話に出た。

「あ、倉本です。どうかなさいましたか」

電話に出た愛美の声がおかしかったのだろう。愛美は恥しかったが、涙声のまま、事情を説明した。

「よろしかったら真矢さんに替って下さい。話してみましょう」

彼の声は包み込むような温かさがあった。

真矢が電話に出るかどうか、とても心配だったが、

「真矢、真矢、倉本先生からお電話よ」

愛美が声をかけると、真矢は直ぐに部屋から出てきて、居間の電話に出た。

真矢は低く小さな声で、はい、はい、と頷いて、ぼそぼそと話していたが、肩を落とした後ろ姿が、いつになく素直そうに見えて、いじらしかった。

「話してみましょう」

つい今し方、耳許で響いた彼のしっかりした声が、愛美の心の中で、木霊《こだま》のように繰返された。

彼からの電話は、絶妙なタイミングでかかってきた。

小一時間ほど話すと、

「母さん、先生が替ってって」

真矢が、受話器を手で押さえて、愛美の方を振返った。

真矢が静かに自分の部屋へ入って行くのを見届けてから、愛美が再び電話に出ると、

「真矢さんは、大丈夫です。時間をあげて下さい。こういう時は時間が必要だと思います。自分の中で、戦う時間が必要なのです。真矢さんは今、人生のとても大切な場面にいて、一段高いバーを飛び越えようとしています。だから、そっとしておいてあげて下さい。周りの者は、私も含めて、心配で辛いですけれど、静かに見守ってあげるのが一番だと思います」

彼は人の心を落ち着かせるような静かな声で、一つ一つ、言葉を選んで話しているよう

に思えた。

「ありがとうございます。先生、本当にありがとうございました」

愛美は、それだけ言うのが精一杯だった。

受話器を置くと、胸が熱くなった。

しばらくすると、戸が開《ひら》く微かな音がして、真矢が部屋から出てきた。

「母さん、おなか、すいたよ」

「はい、はい、何か作りましょうね」

愛美は泣き笑いの顔になっていた。


結局、真矢はもう一年受験勉強をする意欲を取り戻し、倉本先生が講師をしている予備校に通い始めた。

ゴールデンウィークの連休を迎え、更に月日が過ぎてゆくにつれて、自分の心の中に、ある一つの想いがどんどん育っていることに、愛美は気付いていた。

彼、倉本誠に会いたい、という想いである。

それは、まるで何かが激しく増殖するように、どんどん大きく深くなっていくのだが、それでいて、どうしようもなく切ない想いであった。

真矢のことにかこつけて、彼のところへ電話をしようか、と何度思ったか分からない。

仕事から帰ってきて、独り、キッチンのテーブルに向かって、自分で淹《い》れたマンデリンを飲む時が、一番いけなかった。

穏やかな、一日の疲労感を感じながら、自分の心と体の奥深くで、めらめらと燃え上がる熱さを意識すると、愛美は胸が締め付けられる想いがした。

自分は、どうして若い時に倉本誠のような男と出会えなかったのだろう。

そう思うと、愛美は突然、孝太郎のことを思い出した。と同時に、自分の中で、孝太郎への想いが変化していることに気付いた。

孝太郎の存在が薄れ、遠ざかって、小さくなっている。

愛美は、自分で自分の気持ちの変化が信じられない気がした。

人の心って、何なのだろう。

自分は唯、淋しいだけなのか……虚しさを埋めるためならば、相手は誰でもよかったのか。

愛美は自分に問いかけたが、倉本誠への思慕が膨らむばかりで、テーブルの上に、ぽたぽたと涙が落ちた。

悲しく切ない日々が何日か続いた後《あと》、愛美は、とうとう夜、彼のところへ電話をした。何度も躊躇《ためら》った末に、彼の自宅の番号を押すと、耳許に呼び出しのコールが何回か響き、

「はい、倉本です」

懐かしい声が聞えた。

愛美はその瞬間に女から母親へ変わり、二十分程、真矢に関する話をしただろうか。話すことが尽きて、御礼を述べて受話器を置くと、しばらくの間、陶然としていた。

「おやすみなさい」

電話の最後に言った彼の言葉が、まだ愛美の耳許に残っていて、心の中に染み込んでいくような気がした。

次の日もまたその次の日も、彼のところへ電話をしたくなったが、そうはいかない。

愛美は苦しさに耐えられなくなって、自分の深く切ない想いを込めて、手製のポプリ人

形をこしらえた。

もういつだったか忘れたが、会話を楽しんでいた時に、彼がワイン色が好きだと言っていたのを思い出して、愛美は人形に赤ワイン色の服を着せ、深みのあるグリーンでアクセントをつけた。

出来上がったポプリ人形は、彼の大きな手にすっぽりと収まる程の大きさで、鼻を近付けると、甘いローズの香りがした。

でも、こんな物をもらって、果たして男の人が喜ぶかしら、と思うと、愛美はなかなか人形を贈る勇気が湧いてこなかった。

愛美はたんすの引き出しの奥深くに、柔らかな布でくるんで、ポプリ人形を仕舞ってしまった。
二、三日しては人形を取り出し、しばらく見つめたり、自分の想いを込めたりして、また、たんすの奥に仕舞い込むことを繰返した。
時々、畳の上に涙をこぼした。

一月程《ひとつき》して彼のところへ電話をし、また頃合を見ては電話をした。

いない時もあったが、二時間くらいして、もっと遅い時間に電話をすると、大抵は彼の声が聞けた。

毎回、最初は真矢を巡る話題から入るのだが、いつの間にか、お互いに取り留めもない話に移っていき、愛美がはっとして電話が長くなってしまったことを詫びて、慌てて切るのであった。

四回目か五回目の時のことである。

その時は、英三が出張で一週間程、東南アジアへ行っていて不在だったのと、彼が電話に出るなり、

「いい時にお電話下さいました。実は明日から三日間連休なんです」

と言ったのがいけなかったのだろうか。

七月の中旬で、夜になっても日中の暑さが残っていたが、延々と四時間近く話し込んでしまい、電話を切ると、もう深夜になっていた。

幸い、真矢は人のしていることに、ほとんど関心のない娘なので、母親がこそこそと長電話をしていても、相手が誰であるか、など詮索したりはしない。

一度、トイレに行ったようだったが、その前後はずっと自分の部屋に籠もって勉強しているらしかった。

愛美は深夜のベランダに出て、夜風に当たった。

宵の口に比べたら、少々暑さが和らいだようである。

まだ所どころに灯火の残っている、不夜城のような街を見つめながら、愛美は腕を何度も摩《さす》った。

受話器を長いこと持っていたので、痛くなってしまったのである。

今夜はなかなか寝付けそうもない、と愛美は思った。

13

目が覚めるとバスは中央高速ではなく、一般道路を走っていた。

いつの間に眠ってしまったのだろう。

目的地は直ぐそこだった。

故郷《ふるさと》の懐かしい街並みが両脇に見えてきた。

もう直ぐ孝太郎たちに会える。そうすれば、自分の気持ちの整理もつくかも知れない。

来てよかった、と愛美はバスの窓越しに晴天を見上げた。

高校時代、毎日のように通り抜けた商店街は、まだ昔の面影が所々に残っていて、季節の花々を楽しんだ小さな花屋も、半年程アルバイトをした老舗の和菓子店も、昔のままだった。

中学時代の同級生の八重から葉書が届いたのは、七月の下旬だった。

――お盆に有志で集まることになりました。クラス会などという大袈裟なものではありません。よかったら、愛美さんも帰って来ませんか――とあった。

八重の仲間だったら、きっと孝太郎もいるだろう。

愛美は一度、孝太郎に会って、自分の本当の気持ちをきちんと確かめたくなった。

直ぐに八重に電話をすると、

「嬉しいわ、愛美さんも来られて……。七、八人集まる予定なのよ」

そう言って、ケラケラと笑った。

そう言えば、八重は昔から、明るい声でよく笑っていたなあ――その八重にも、もう直ぐ会える。

信号のある大きな交差点を越えると、バスターミナルは直ぐだった。

その日の夕刻に始まった集まりには、果たして孝太郎の姿もあった。

新築の立派な集会場に借りた個室は、八人には広過ぎる程の、ゆとりのある空間だった。温泉の設備もあり、男女四人ずつに別れて、まず、ゆっくりと湯に浸かってから、全員、揃いの浴衣姿で、再び部屋に集まり、ビールで乾杯した。

東京から戻った愛美と、千葉から帰省した友子《ゆうこ》以外は、皆、地元で暮していた。同級生同士で結婚した治と慶子の姿があり、町役場に勤めている近藤君の顔もあった。八重は最初からケラケラ笑ってはしゃいでいたが、残りの七人も直ぐに盛り上がって、近況報告をし合ったり、中学校時代の先生達の動向を知らせ合ったりした。

変わり者の治が、クラスで結構人気のあった慶子を嫁さんに出来たのは奇跡だ、と皆信じていたので、クラス会の時もそうらしかったが、今回も二人は格好の肴《さかな》にされて、大いにからかわれていた。

愛美と孝太郎の仲も、いろいろと噂されたことがあったが、今回は治と慶子のお蔭で、どうやら肴にされるのは免れていた。

宴会係の女性職員が、次々と酒や料理を運んで来てくれて、友子以外は、それぞれの好みに応じて、日本酒やワインやサワー類を、勧め合ったり勝手に飲んだりしていた。

やがて、酒を飲まなかった友子は、もう一度温泉に浸かりに行き、長野県の未来を滔々《とうとう》と語っていた近藤君は、いつの間にか座布団を枕にして眠っていた。

愛美は、ずっと孝太郎のことが気に掛かり、彼のことを意識していた。でも、周りの者にはそのことを知られたくなかった。

様子をそれとなく見ていると、どうやら孝太郎も同じ心境らしかった。

無論、こだわりのない性格の孝太郎のことだから、目が合うと笑ってくれたが、皆の中で二人が話すのは照れ臭くもあり、抵抗もあった。

孝太郎は、それぞれが楽しんでいるかどうかに、絶えず気を配り、酒を飲まない友子には料理を勧め、近藤君が一人で喋り過ぎないように、さり気なく別の話題を出したりしていた。

孝太郎は昔のままだ、と愛美は思った。

そのことが嬉しくもあり、悲しくもあった。昔と変わらない孝太郎が、直ぐそこにいて、遠い存在だった。

八人は時を忘れて楽しんでいたが、集会場の閉館時間が近付き、もう直ぐお開きになる寸前、束の間であったが、愛美は孝太郎と二人だけになることが出来た。

女性達は化粧室へ行き、近藤君は酔い醒めの水を飲みに行き、治ともう一人の男性は、それぞれの携帯電話が鳴って、廊下の方へ出て行ったのである。

愛美と孝太郎は、どちらからともなく近付いて、一瞬、お互いの心の中を探るように見つめ合った。

「御免、あまり話せなくて……。別に愛美さんを避けていたわけではないんだ」

孝太郎は目の縁が赤味を帯びていて、酔っているように見えた。

青年っぽさは残っているけれど、額の生え際が少し後退して、昔よりおでこが広く見える。孝太郎はきっと、愛美の知らない別の世界で、地道に彼の人生を築き上げてきたのだろう。

孝太郎の表情は昔と変わっていなかったが、彼の顔をじっと見ていると、そこにはもう愛美が絶対に入っていけない、歴史のようなものが刻み込まれているような気がした。

愛美は、しみじみと孝太郎の顔を見た。

「愛美さん、おかしいよ。酔っているでしょ」

孝太郎が照れた。

「そうよ、酔っているわ。だから言ってしまうけど、私、二度、孝太郎さんに振られたのよ」

その瞬間、孝太郎の表情が変わった。

「最初に自分の気持ちを伝えた時と、婚約中に孝太郎さんが手紙をくれた時よ」

愛美は怒っているような言い方をしてしまった。

その怒りは、孝太郎に向けられているだけではなく、若き日の自分自身に向けられていたのかも知れない。

「僕は――愛美さんを振ったりなんかしていない」

孝太郎は悲痛な表情になった。

「ずっと、愛美さんのことが好きだった。その気持ちは今でも変わらないよ」

孝太郎は、酔っているのか泣いているのか分からないような顔で、愛美を見つめた。

その時、酔いが醒めたのか、俯き加減の近藤君が、静かに部屋に入って来たが、孝太郎は気にする様子も見せずに、言葉を続けた。

「僕は、あの頃の自分が嫌いだ。大嫌いだ」

孝太郎は、自分の足許の辺りに視線を落とした。

近藤君がびっくりして、孝太郎の方を見た。

女性達の笑い声が部屋に近付いてくるのが聞こえ、その中でも八重の笑い声が、一際《ひときわ》高く響いてきた。

孝太郎は突然、部屋を飛び出して行った。

14

愛美は頭の中が混乱していた。

小旅行から帰って、玄関の敷物の上に乱暴に置いた、小型のボストンバッグはそのままである。

真矢は予備校の講習へ、夫は出張中で、二人共いなかった。

愛美は水も飲まないで、ソファに仰向けに寝ていた。

まだ夕刻には少し早い時間だった。

部屋の中は、冷房が程よく利いて、ひんやりとしている。

目を閉じると、頭の中を様々な想いが飛び交って、自分が何を考えているのか、分からなくなってくる。

不思議なことに、東京に戻って最初に考えたのは、倉本誠のことだった。

帰りのバスの中では、ずっと孝太郎のことを考えていたのに、バスが都心に近付いて、信号待ちの時間が増すにつれて、愛美の意識は現実的になってきた。

社宅に帰って、赤いボストンバッグを置くと、突然、あのポプリ人形のことが気になった。

たんすの奥から、布にくるまれた、ワイン色のドレスを着せた人形を取り出すと、その白い顔に表情が宿っているように思えた。

(「御免ね……」)

愛美は人形に語り掛けて、ソファの所まで連れて来た。

先程から、ポプリ人形は愛美のおなかの上で眠っている。

愛美は丹誠をこめて作った人形が、下に落ちないように、両手の先でそっと支えていたが、こうしていると、人形が命を与えられた自分の分身のような気がしないでもない。

後悔だけはしたくない。もう後悔を繰返す人生は懲りごりだ。

愛美はポプリ人形を、胸に抱き締めた。

あの時、婚約していた英三を振り切って、孝太郎の胸に飛び込めばよかったのだろうか。

あの頃の自分が大嫌いだ――と孝太郎は言った。

それは、自分の弱さを悔いているのか。それとも、素直になれなかった未熟な自分を嫌悪しているのか。

今更、ずっと好きだった、と言われたところで、何も始まらないではないか。

孝太郎が、いくら過去の自分を批判したとしても、それでも、愛美は孝太郎には何かが決定的に足りないと感じた。

孝太郎は優しかった。今でも限りなく思いやりがあって、優しい。

きっと孝太郎はいつも周りの人々のことを配慮して、自分を抑えているのにちがいなかった。

常に自分を後回しにして、他人の幸せを優先してきたのである。

でも、だからこそ、孝太郎には乗り越えられない壁があったのである。

何が何でも自分自身を貫く強い意志。時には大胆で男らしい強引さ。

これこそ、孝太郎に一番欠落している要素であった。

愛美は徐《おもむろ》にソファから身を起こすと、ポプリ人形を赤ん坊のように抱いて、前髪に隠れがちの白い顔を、覗き込むように見つめた。

(「さようなら、孝太郎」)

愛美の心は、その瞬間決まった。

今、抱いているポプリ人形を、倉本誠のところへ送ることに決めた。

(「私の心を託すから、彼のところへ行って、頼むわよ」)

人形の白い顔は、黙って愛美を見つめ返している。

愛美は、ポプリ人形をそっとソファの上に寝かせると、便箋を探しに奥の和室へ行った。

手紙を書いて、倉本誠に人形を贈るのである。

ラブレターは書けない。今の自分の立場を考えたら、そのものずばりの自分の気持ちを書くことは、許されない。

でも、「行間を読む」という言い方があるではないか。だから、「行間に託す」ことも可能だろう。

愛美は倉本誠の感性に期待することにした。

15

ポプリ人形に便箋三枚の手紙を添えて、倉本誠のところへ送ってから、丸一週間経っても、彼からは電話も手紙も来なかった。

文面の内容は真矢のことが中心で、後はベランダに咲いている花々に少し触れて、最後に——先生のお部屋が淋しいといけないので、手作りのお人形をお贈りします——と、さり気なく結んだはずなのだが、何か彼の気に障ることでもあったのだろうか。

愛美は、いても立ってもいられない気持ちになった。そのことが、気になって気になって、外《ほか》のことは何も考えられなかった。

後悔だけはしたくない。だからこそ、人形と手紙を送ったのではないか。

彼が、どのような反応を見せるにせよ、これでよかったのだ、と自分に言い聞かせた。

それでも、愛美は心の奥底で、何かを期待していた。どこか苛立って、妙に興奮していた。

だから十日目の夕方、仕事から戻って、郵便受けに彼からの封書を発見した時は、天にも昇る気持だった。

我慢できずにその場で開封しようとしたが、いざ封を切って、中味を取り出そうとした瞬間、一抹の不安が心を過《よぎ》って、手許が震えた。

取り出した便箋は水色の上質紙で、重さから判断して四、五枚だろうか。

愛美は祈るような気持ちで読み始めた。

まず、人形が届いて驚いたとは書いてあったが、その御礼があっさりと書かれていて、その後は、予備校での真矢の様子が延々と続いている。

愛美は歩きながら読み、立ち止まっては読み、階段を上って行っては、また踊り場で立ち止まった。

八月の末とはいえ、西日が強烈だった。

便箋の文面の上を、光と影がちらちらと揺れる。

五枚目の便箋の最後に、もう一度、人形と手紙をもらったことへの御礼が述べてあり、

――頂きました可憐なお人形さんは、私の部屋には似つかわしくなくて、気の毒な気もしますが、それでも、プリントの山になった机の脇で、じっと私の仕事ぶりを見守ってくれているようです――と結んであった。

愛美は夢遊病者のように玄関の鍵を開け、バッグを投げるようにカーペットの上に置くと、ソファの端に静かに腰を降ろした。

左手には、今読んだばかりの、倉本誠からの青い便箋と封筒がある。無意識に、でもしっかりと、指先で摑んでいた。

指先が汗ばんでいるのが分かる。

愛美は、冷房のスイッチを入れるのさえ、忘れていた。

次の瞬間、愛美はまた手紙を読み始めた。

食い入るように、文面を追っていく。

まるで、倉本誠の一文一文には磁気があって、愛美の心のマグネットを吸いつけている

かのようである。

一度《ひとたび》、飲み干してしまった美酒は、二度と器に戻せないはずなのに、愛美は、その美酒を繰返し飲み干そうとした。

それは、見果てぬ夢の反芻のような行為だったのかも知れない。

愛美は、立て続けに何度、その手紙を読み返したことだろう。

とりわけ最後の一文である――頂きました可憐なお人形さんは……じっと私の仕事ぶりを見守ってくれているようです――の件《くだり》は、愛美の想像力を激しく刺激した。

いつの間にか、部屋が暗くなりかけていた。

ベランダへ続く、サッシの硝子戸を開けると、涼気が室内に流れ込み、隣の棟の向こうに、暮れ泥《なず》む都会の空が見えた。

愛美は戸を閉めると、カーテンを引いて明りを付けた。

すると、愛美の視線は、自然と電話器の方へ向けられた。

愛美は、ほとんど衝動的に、倉本誠の電話番号を押していた。

耳許にコールが数回響いて、

「はい、倉本です」

いつもより快活な声が聞こえた。

愛美は名を告げて話し始めたが、一瞬、自分が何を話そうとしているのか分からなくなりかけ、頭の中が空白になりそうだった。

「今日はコマ数が多くて、結構忙しかったんです」

彼がさり気なく話題を提供して、助けてくれた。

「いつもより声が大きいですね」

反射的に言葉が口をついて出た。

「そうなんです。まだ仕事モードからの切り換えが出来ていないんです。きっとアドレナリンが出っぱなしの状態で、声も大きくなってしまうのでしょう」

「お酒は飲まないんですか」

「飲みますよ、これから。そして、疲れがどっと出る予定です」

愛美は笑った。

笑うと気分が楽になった。

「田舎に行って来たんです。中学校時代のクラスメートに久しぶりに会って……」

愛美は、やっといつもの自分らしく話せるようになった。

「クラス会があったんですか」

「ほんの数人だけで集まったんです」

「楽しかったでしょう」

「それは、もう……」

孝太郎の悲痛な表情が浮かび、彼の言った言葉が、脳裡を掠めた。

「倉本先生――」

愛美の語調が突然、変わった。

「何でしょうか」

彼の方は変わらず優しい声である。

「真矢のことではないんですけれど、御相談に乗っていただけるでしょうか」

「もちろん、構いませんよ。どうなさったのですか」

「実は……」

愛美は少し間を置いてから、自分でも驚くほど一気に孝太郎との、昔からのいきさつを話した。

「ずっとあなたのことが好きで、今でも変わらない——と彼は言ったんですね」

「そうなんです。今更そんなこと言われても、頭が混乱するばかりで……」

愛美は、そこまで話した時、当然、倉本誠は愛美に同情し、同意するもの、と期待した。

いつもは軽快な口調の彼にしては、珍しく間があって、

「正直に申し上げますけれど……自分の心に素直に従った方がいい、と思います。人生に一度か二度は、たとえ勇気が必要だとしても、自分の気持ちに忠実に従うべき時がある、と思うんです。自分の本当の気持ちに従って決断しないと、一生後悔すると思います」

気迫が伝わってくる話し方だった。

愛美は、驚きのあまり、言葉が出なかった。

気まずい沈黙が流れ、それに彼は気付いたのか、

「申し遅れましたが、あのお人形、ありがとうございました」

自分の気を取り直すように話題を変えた。

「あの人形は特別なんです」

愛美の口調が、思わず強くなった。

「特別と言いますと――」

「あれは特別な人形なんです」

自分の激しさを、どうすることも出来なかった。

「どうして特別なんですか」

彼はとまどっている様子だった。

その鈍感さに、愛美は腹を立てた。

「言えません」

「どうして言えないのですか」

相手も執拗だった。

「言えないものは言えません。言ってはいけないんです」

最後の言葉は、自分に向かって言っているような気がした。

この時、倉本誠が、それ以上追究するのを止めていたら、気まずさは永遠に残ったかも知れなかったが、愛美の人生は、先が見えたに違いない。

「どうして言えないのですか」

彼は同じ質問を繰返した。

その瞬間、愛美の中で、堰《せき》が切れた。

「それは――先生のこと、好きだからですよ」

自分の心を、倉本誠に叩き付けるように、愛美は言った。

それは、ほとんど叫び声に近かった。

魂の叫びだった。

電話の向こうで、彼は沈黙している。

突然、窓を開け放ったかのように、街のざわめきが愛美の耳許に届き、車のクラクションの音が、遠くで重なった。

これでお仕舞いだ、と愛美は思った。全てが終ったのだ。もう彼との人間関係も、これっきりだろう。

すると、急に自分が言ってしまったことが恥しくなった。たまらなく恥しくなって、居たたまれない気持ちで、いっぱいになった。

その時、彼が沈黙を破った。

「会って下さい。会ってお話しさせて下さい」

「いいえ、もういいんです」

愛美は反射的に応えた。

「どうしても、直接お会いして、あなたにお話ししなければいけないことがあります」

「いいえ、もう本当にいいんです、私が悪かったんです。これ以上、御迷惑をかけることは出来ません」

「いいですか、よく聞いて下さい」

愛美は、顔から火が出る思いで、もう一刻も早く電話を切りたかった。

彼も真剣である。誠意を示そうとして必死なのだろうか。

「御免なさい……私は先生に軽蔑されても仕方がないんです」

愛美の声は、消え入るように小さくなっていた。

「そういうことではないんです」

彼の声が急に大きくなった。

「僕は、あなたを悲しませるようなことは、決してしませせん。だから、会って下さい」

彼は、声を振り絞るようにして懇願した。

今度は、愛美が沈黙する番だった。

16

愛美は、待ち合せの場所に、三十分前に到着した。

いつも、人と会う時には遅刻寸前になってしまう愛美には、珍しいことであった。いかに緊張しているか、ということが自分でもよく分かった。

日曜日の午後二時。

英三には、新宿へ買い物に行くと告げて出て来た。

恵比寿駅の地下鉄の改札口付近は、息の詰まるような狭い空間だったが、人通りの妨げにならないように、売店の少し横に立って、愛美はじっと俯いていた。

いったいどんな顔をして彼に会えばよいのだろうか。

そう思うと、また恥しさが込み上げてきて、顔を上げていることが出来なかった。

電車が到着する度に、狭い改札口が人の波で溢れ、それを何回か繰返すうちに、気が付くと倉本誠が目の前に立っていた。

「随分早くいらっしゃったんですね」

そう言われると余計恥しくて、彼の顔をまともに見られなかった。

鮮やかなネイビーブルーのチェックのシャツの袖をたくしあげて、白いパンツを身に着けた彼は、社宅で会った時よりも遥かに長身に見えた。

「さあ、行きましょうか」

彼に促されて階段を上り、地上に出た。

ちょっと歩くと、見上げるような長いエスカレーターがあって、人々が次々と、駅ビルの中へ吸い込まれて行く。

「十年位前に、この付近にある予備校で教えていたんですけれど、こんなエスカレーター、なかったなあ……。後で、ここで珈琲でも飲みましょう」

こうして、夫以外の男性と二人切りで街中を歩くのは、何と久しぶりのことだろうか。

愛美は独身時代に舞い戻ったような気分になって、軽い目眩《めまい》がしそうだった。

しかし、浮き浮きしている場合ではなかった。

最悪の場合を覚悟して来たつもりであった。——あなたを悲しませるようなことは、決してしません——と言った彼の言葉に一縷《いちる》の望みを託して。

二人は駅前のロータリーを回って、広い坂道を登って行った。

「この長い坂道の向こうに、僕が講師をしていた予備校があるんです。仕事の合間に、よくこの辺りを散歩しました」

さり気なく話しているようで、ちらっと見上げると、彼の横顔がいつもより緊張しているようだった。

明るい硝子張りのダンススタジオが、坂道を見下ろすようにあり、その先には趣味のよさそうな小さな喫茶店があり、更に、都会的で洗練された住宅や低層のマンションが、坂道の両側に続いていた。

坂道をほとんど登り切った所にある、狭い道を右手に折れると、その先に緑豊かな小公園があった。

子供が遊ぶよりは、大人が静かに憩えるような設計の小公園だった。

「その辺に座りましょうか」

彼に勧められて、大きな枝の陰になった、水色のベンチに、愛美は彼と並んで、遠慮がちに腰を降ろした。

九月の声を聞こうとしているのに、残暑が酷しかった。

彼はハンカチで額の汗を拭い、愛美もバッグから取り出した花柄のハンカチを襟許に当てた。

「僕は、あなたに初めて会った時から——」

彼が徐《おもむろ》に語り始めた。

声が少し緊張していた。

「あなたを女性として見ないように努めてきました。誤解しないで下さい——恋愛対象としての女性、という意味です。あなたは、僕にとっては、ずっと真矢さんの母親でした。魅力的な女の子を指導する時もそうなんですが、職業意識が自然に働いて、特に意識しなくても、心のブレーキのようなものがかかるんだと思います」

愛美は、何を言われるのかと、そのことばかり考えながら、じっと俯き加減で、彼の話に耳を傾けていた。

先程から、都心にしては珍しく蟬の鳴き声が続いていて、ベンチを覆うような大枝からも、つくつく法師がけたたましく鳴き始めた。

日曜日の昼下がりの公園には、人影は見当たらなかった。

住宅と狭い道路に囲まれた、この緑深き小公園は、いつ、どんな人が利用するのだろうか、と愛美は不思議な気がした。

この小空間を、今、彼と二人切りで共有していると考えると、気持ちが落ち着いてきて、気分が楽になってきた。

「僕はあなたに申し訳ないことをした、と思っています」

彼は愛美の方を向いて、視線を落とした。

何のことなのだろう。

緊張の一瞬が走る。

「女のあなたに――好きだ――という言葉を、先に言わせてしまったことです。僕は――」

そこで、彼の言葉は少しの間、跡絶えて、彼はまたハンカチで額の汗を拭ったが、意を決したように愛美の顔を直視した。

「変な言い方ですけれど、かなり前から、あなたのことを愛し始めていたのだと、今、思います。

真矢さんの家庭教師をしに、お宅に伺うのが、毎回、楽しみでした。指導の後で、あなたとお話しすることが、とても安らぐ、幸せな一時《ひととき》でした。

初めて会って、お話をした時から、あなたの襟足の辺りを故郷《ふるさと》の微風が吹いているような、小川のせせらぎが聞こえてくるような、人をほっとさせてくれる人柄を感じました」

「私も、先生とお話していると、ほっとしました」

愛美は嬉しさと恥しさの入り混じった気持ちで、彼の目を見つめ返した。

「二人共、同じリズムが流れているのかも知れませんね」

彼の目が優しく笑っている。

愛美は心がときめいたが、まだ半信半疑であった。

「あなたからもらう電話も、たとえ真矢さんのことを話していても、心の安らぎを感じました。

不思議な安らぎです。閉ざされた自分の心が、少しずつ解き放たれて、自由になっていくような……」

「私も先生のこと、昔からよく知っているみたいに、今まで誰にも話さなかったことまで、何でも話すことが出来て、なぜだろう、どうしてかしらって、いつも思っていました」

小犬を散歩させている、赤いワンピースの少女が、小公園の中央にある人工池の辺りまで来て、しゃがんで小犬の頭を撫でている。

小犬は頻りに尻尾《しっぽ》を振って、少女に甘えている。

立ち上がると、手足の長い少女だった。

「この間の電話の後で、僕は夕食を食べるのも忘れて、ずっと考えていました。考えて考えて、考え続けているうちに、僕は自分の本当の気持ちが見えてきて、そうか、僕のあなたへの想いは、僕の意識の世界では厳しく禁じられていて、無意識の世界へ無理矢理押し込まれ、抑圧されていたのだ、ということが分かったのです。

あなたに――好きだ――と言われて、初めて自分の本当の気持ちに気付くなんて……。

やはり僕はあなたに、感謝すると共に謝らなければいけないと思います」

愛美は彼にどんな言葉を返せばいいのか、分からなかったが、漸く、彼の真意が理解出来て、胸をなでおろした。

私は倉本誠に振られなかったのだ。

愛美は、そのことを全身全霊で受け止め、噛《か》み締《し》めた。

「少し歩きましょうか」

彼が青年のように軽く立ち上がって、愛美の方を振返った。

照れ臭そうな顔をしている。

「ええ」

頷いて、愛美も立ち上がった。

自分の背が、彼のブルーのシャツの胸の辺りまでしかないように感じられた。

もっとヒールの高い靴を履いてくればよかった、と後悔しながら、先程よりは彼に寄り添った。

小公園を後にして、暫く歩いて行くと、高層ビルが目前に見えてきた。

「あれが最近話題を呼んでいる、恵比寿ガーデンという場所かな。喉がかわいたでしょう。あそこに行ってみましょう」

「アイス珈琲が飲みたくなりました」

二人は肩を並べて、広い通りを歩いて行った。

17

その六日後の土曜日の夜、二人は照明を落としたカウンターの角《すみ》に、並んで座っていた。

世田谷にある誠の家の近くにある、そんなに大きくないダイニングバーで、仕事で遅くなった深夜に、誠は時々ここに寄るらしかった。

六日前の日曜日の別れ際に、土曜日の夜、会ってくれませんか、と誠に言われて、承諾はしたものの、どんな口実で外出しようかと、愛美は何日か悩んだ。

ところが、昨日になって、英三の突然の出張が決まり、夫は五日ほど帰って来ない。

真矢は真矢で、一緒に浪人している、高校時代からの友達の家に、泊まりがけで勉強しに行くと言う。

だから、愛美は、ほっとして誠に会うことが出来た。

もっとも、夫も娘もある身の上を思うと、愛美の心中は、決して安らかではなかった。

誠はビールを飲み、愛美は赤ワインを、少しだけ飲んだ。

カウンターには、見るからに大人を感じさせる、落ち着いたカップルが、愛美たちの他に二組、壁際の丸テーブルの席には、きちんとした身なりの、独身風の女性客が三人いて、それぞれ静かに語り合っていた。

店内に音楽が流れていない、珍しい店だったが、三十代半ばに見える細身のママさんが、にこやかに穏やかに、気持ちよく客に接していた。

壁には、パリやベニスを描いた古典的な油絵が、何点か掛けられていて、インテリアは伝統的なヨーロッパを感じさせる、シックな趣《おもむき》で統一されていた。

「あなたに初めて会った時、僕は直感的に、あなたには欠落感がある、と思いました」

誠は、そんな話を愛美にしていたが、三杯目のビールを少し口にした後、少し沈黙すると、

「十年後でもいいから――あなたと一緒に暮せたらいいな」

と、不意に言った。

とても穏やかな口調だったが、きっぱりとした言い方だった。

愛美は思わず誠の横顔を見つめて、

「あなたと同じお墓に入りたいの……」

咄嗟にそう応えたが、恥しさのあまり、誠の目を直視することが出来なかった。


店を出て、夜の並木道を肩を並べて歩き始めて直ぐ、誠は静かに立ち止まった。

優しい目で愛美を見つめると、実にさり気なく、そっと愛美の手をとった。

その一瞬、愛美は自分の中で、時間が止まったかと思った。

だが、次の瞬間、もう後戻りは出来ないと思って、覚悟を決めた。

二人は手をつないで、静まり返った夜の並木道を、私鉄の駅の方角へ向かった。

「直ぐにでもあなたと暮したいけれど——御主人には、一刻も早く、きちんと話をした方がいい」

誠の手に力が入る。

愛美は喜びと不安で、気が遠くなりそうだった。

誠に言われるまでもなく、これから英三の給料で暮しながら、誠と会い続けることなど、到底、考えられないことであった。

自分で自分が許せなかった。

愛美は、英三に離婚してくれるよう話そう、と決心した。

「愛美さん、よく聞いて欲しいんだ」

誠が、初めて愛美の名を呼んだ。

「真矢ちゃんのことなんだけれど——彼女は今、大学受験を控えて、大事な時期にいるでしょう。心が乱れてしまって、また受験に失敗したら、彼女の人生を変えてしまう結果になりかねない、と思うんだ。もしそうなってしまったら、あなたも僕も、いくら後悔しても後悔し切れないでしょう。だから、御主人とよく話し合って、あと半年間だけ、真矢ちゃんと三人で暮すことを、許してもらうしかない、と思うんだ。真矢ちゃんのために、彼女に気付かれないように、受験が終わるまで、あなたは居させてもらいなさい」

見上げると、誠の横顔は苦渋に満ちていた。

彼は、急に立ち止まると、愛美の両肩に、そっと両手を置いた。

「あなたも辛いだろうし、正直言って、僕も辛い……でも、真矢ちゃんのために、二人で力を合わせて、何とか乗り切ろうね。晴れて一緒に暮せるようになるまで、僕たちも節度のあるお付き合いをしよう、いいね」

誠の手に力が込められ、彼の表情は苦しそうだったが、その真剣さに、愛美は心を打たれた。

二人は、いつの間にか並木道を通り抜け、シャッターの降りた、夜のアーケードの中にいた。

「駅は直ぐそこだ。社宅まで送って行こう」

誠は、いつもの笑顔を見せ、愛美も笑顔で頷いた。

18

英三が、五日間の出張を終えて帰国した翌日、

「話したいことがあるんです」

帰宅して、英三が脱いだ上衣をハンガーに掛けながら、その後姿に愛美は声をかけた。

「何だい」

珍しく九時前に帰宅した英三は、酒もそんなに飲んでいないらしく、仕事から解放されて、寛いだ顔で振返った。

「真矢に聞かせたくないんです。一緒に表に出ませんか」

愛美は、自分でも驚くほど、きっぱりとした言い方になっていた。

「表に出るって、ここでは駄目なのか——大丈夫だよ、真矢は部屋で勉強しているんだろう」

さすがの英三も、いつもと違う愛美の態度に、少し戸惑いを感じたようだ。

「ここでは話せないことです。まだ開《あ》いているお店があるでしょう」

愛美は、もう玄関に向かっていた。

英三も観念したらしく、素直に付いて来た。

九月に入っても、日中の残暑は続いていたが、夜のこの時刻になると、微かに秋の気配があった。

社宅から歩いて二分くらいの、角《かど》の喫茶店から明りが洩れている。

以前、仕事帰りにケーキを買って帰った店である。

愛美は迷うことなく、自分から先に店内に入って行き、一番奥の席に座った。

少し遅れて、愛美の向かいに腰を降ろした英三は、いつになく神妙な顔をしている。

初老の痩身のマスターが、穏やかな物腰で注文をとりに来たので、愛美は英三に確認してから、珈琲を二つ、頼んだ。

マスターがカウンターの方へ戻るのを見届けてから、愛美は話の口火を切った。

「別れて下さい——好きな人が出来ました」

その瞬間、英三の顔から、見るまに血が引いていくのが分かった。

愛美は、怯《ひる》まずに続けた。

「本当に心が癒される人に、出会ってしまいました。その人といると、私はありのままの私でいられるんです。その人とは、まだ深い関係にはなっていません。今は、側《そば》にいるだけで、お父さんかお兄さんのように、ほっとするんです。その人と人生をやり直したい、と思っています。それと——もう一つ、お願いがあります」

ここまで話した時、英三は初めて愛美の目を見た。

いつもは人を小馬鹿にしたような英三の目が、光を失っている。

こんなに暗い英三の目を、今まで見たことがあっただろうか。

愛美は構わずに、更に続けた。

「そのお願いというのは、真矢のことなんです。受験を控えた今の真矢に、ショックを与えるわけにはいきません。だから、真矢の受験が終わるまで、彼女に気付かれないようにして、私を今の社宅に居させて下さい。お願いします」

愛美は、深く頭を下げた。

英三は暗い顔をして、俯いたままである。その姿は、全身の力が一挙に抜けたように、ぐったりして見えた。

「お待たせいたしました」

マスターの丁重な低音とともに、二人の前に、淹れ立ての珈琲が静かに置かれた。

マスターは、ゆったりとした動作で、カウンターの方へ戻って行く。

英三は、一言も話さずに、ずっと下を向いている。

珈琲に先に口を付けたのは、愛美の方だった。

鈴の音がして戸が開くと、男の客が二人、入って来た。

そう言えば、愛美は自分が店内に入った時、鈴の音が鳴ったのを憶えていなかった。

気が付くと、店内には微かに、ジャズの演奏が流れている。

英三が漸く、珈琲カップを口許に運び、愛美もまた、少し口にした。

天井には、南国で見かけるような大きな扇風機が、時を忘れたように、ゆっくりと回っている。

時間が淀んでいるような、重苦しい空気の中で、二人は何も話さずに、苦い珈琲を飲んだ。

その重苦しさは、翌日の朝食の時間まで持ち越されたが、出勤時間がいよいよ迫った時、英三が、読んでいた朝刊から目を上げた。

「保守的なお前が、そこまで決意しているんだったら……そうするんだな」

英三は、さっと立ち上がると、朝刊をそのまま椅子の上に置き、ソファの上の上衣とバッグを摑むと、玄関に向かった。

「行って来る」

英三の大きな声とともに、戸の閉まる音が聞こえた。

その声の大きさも戸の閉め方も、いつもの彼に戻っていた。

あまりの素早さに、愛美は玄関まで彼を見送りに行くのが、間に合わなかった。

これが、いつも英三が人生のモットーにしている、「前向きの姿勢」なのだろう。

筋金入りのモットーだ、と愛美は改めて感心した。

広げたまま椅子の上に置かれた、朝刊を折り畳みながら、こんなに簡単なことだったのか、と愛美は思った。

英三と自分との結婚生活は、何も話し合うこともなく、こんなにも呆気なく、破局を迎えることが出来るのか……。

二人の二十三年間は何だったのか。

愛美は、その日の遅く、少し酔って帰って来た英三に、思っていることを、余すところなくぶつけた。

翌日が休日だったことも手伝って、愛美の追究は朝方まで続いた。

全ては無駄だった。

何を問い質《ただ》しても、結局は愛美が十分に知っていたはずの、英三という男の人間像を再確認するだけの、虚しい行為に過ぎなかった。

結婚する前の、あの忌わしい出来事に関しても、愛美は目に涙をいっぱい溜めて、自分がいかに深く傷ついたかを訴えたが、

「そんな大昔のことを、いつまでも、人は憶えているものなんでしょうかねえ」

英三は、おちゃらかすように、鼻先で笑った。

「それに、あの時、お前は喜んでいたんじゃないのか」

今更、何で過ぎ去ったことをとやかく言われるのか、と言わんばかりに、英三は不満を露《あらわ》にした。

あれほど楽しみにしていた、家を建てる計画が、泡のように消えてしまった件も、

「お前がもっとはっきりと、強く反対していたら、考え直したかも知れないなあ……」

遥か昔のことを、感慨深げに思い出すかのような、恍《とぼ》けた言い方である。

愛美は誠とのいきさつも、誠心誠意、英三に話した。

関心があるのかないのか、英三は半ば目を閉じて、ふん、ふん、とつまらなそうに聞いていたが、

「疲れたから、寝るよ」

英三は大きな欠伸《あくび》をすると、さっさと寝室に行ってしまった。

愛美は独り、ソファにとり残された形で、意気消沈として、しばらくじっとしていたが、

ふと顔を上げると、ベランダの方が微かに明るくなっている。

いつの間にか、朝を迎えていたのだ。

虚しさが胸いっぱいに広がったが、悲しんだりしている場合ではない、と愛美は気をとり直した。

新しい人生を踏み出すために、まだまだ戦うことがたくさんあるではないか。

愛美は、自分自身に言い聞かせた。

19

その後、英三は以前よりも早く帰宅するようになり、土日の外出もしなくなった。

二人は自然に家庭内別居の形をとり、愛美は、真矢の前では不自然にならないように、英三と会話を交わし、家事もきちんとした。

初めは、英三に監視されている気もしたが、愛美がそっと外出しようとすると、

「もっといい服、着て行きなさい。僕が恥をかくから」

とても心配そうな顔をする。

慌てて出掛けようとすると、

「気をつけて行きなさい。転ばないように」

極まりが悪くなるほど、優しい言い方をする。

過去の記憶が、愛美の脳裡を過《よぎ》る。

結婚前、愛美が別れようとすると、英三は急に優しくなった。

あの時と同じである。

挙句のはて、

「うまくいかなくなったら、戻っておいで」

英三らしくもない、少し気弱そうな表情も見せるようになった。

誠と別れることなど、愛美には想像も出来なかった。

もしもそんなことになったら、その後の自分の人生はあるのだろうか。喜びも感動もない、半分死んでいるような人生に違いない。

そんな中で、苦労しながらも、愛美は何とかして、誠と会う機会をつくった。

誠も、仕事の合間に出来る限り時間をつくって、愛美が出て来やすいように、社宅の側《そば》の駅まで来てくれた。

社宅の側の駅と言っても、二人共、さすがに広尾は近過ぎて抵抗があったので、たいていの場合、一つ先の恵比寿周辺か、時間に少しでも余裕があれば、渋谷や原宿で会って、時を過ごした。

二人の逢瀬が重なるにつれて、お互いに、今まで以上に、自分の内面や過去について、詳しく話すようになった。

愛美は、過去の話をしながら、よく泣いたが、誠も時には一緒に涙を流し、沈黙した。

「よく生きてきたね――君は……」

包み込むような愛情に満ちた目で、愛美をじっと見つめ、誠は深い溜め息をついた。

その誠にしても、彼のことを知れば知るほど、人に優しく接する彼の人柄からは、想像も出来ないくらい、凄まじい人生を生きてきたのである。

誠の妻の治子《はるこ》は、誠と同い年で、いわゆる団塊世代である。

七十年代のウーマンリブの影響を諸《もろ》に受け、男女平等！　女だけがなぜ家事をさせられるのか――と、その種の著作を読み漁り、仲間と活動を続けてきたのである。

「彼女と出会った頃、自立していて、自分の考えをはっきり持っていたので、好感を抱いたんだ」

誠は自嘲気味に笑って、

「そんな女を好きになるのも、若き日の団塊世代の男どもの特徴かも知れないな」

遠い日の自分のことを、まるで他人事のように振返った。

結局、世の中で狡くて悪いのは全て男である、というのが彼女の持論で、およそ世の中の男という男が、攻撃の対象となった。

自分の夫といえども、例外ではなかった。

結婚して二年程して、子供が生まれてからも、誠に対して闘争心まる出しで、何かにつけ、「どうしようもない駄目な男ね」と、一人息子の目の前で罵倒した。

治子は、誠の収入はしっかり管理して、その金で生活し、家事は気紛れで手抜きだった。その結果、家の中は乱雑を極める状態になっていった。

仕事から帰ると、幼稚園に入ったばかりの息子が駆け寄って来て、

「パパのこと、大っきらいって、ママが言ってたよ」

得意そうに、父親の顔を見上げた。

流しに山のように重なっている食器を、仕事の合間に洗うと、

「半分洗ったからって、家事手伝った気にならないでよ」

治子にヒステリックな罵声を浴びせられた。

息子は永い年月をかけて、母親に洗脳されたのだろう。高校生になっても母親べったりで、傍目《はため》からも異常な関係と思えるほどの、仲の良さであった。

息子の大学合格とともに、治子は誠に黙って、貯金や誠の父の遺産の株券等のほとんど全てを持って、息子と一緒に家を出て行った。

「ある日、仕事から帰って来たらね――」

誠は穏やかに語る。

二人は、表参道に臨む、広い喫茶店の二階に並んで座って、窓越しに、道行く人々を眺めていた。

「いやあ、あの時は驚いたね。治子が、出て行く前に、何か残していってほしい物はないか、って訊くから、好きなだけ持って行きなさいとは言ったんだけれど、本当に好きなだ

け持って行ってしまった——洗濯機・冷蔵庫はもちろん、ピアノに自転車に暖房器具、テレビにテーブル、それに、括り付けの大きな食器棚にあった、食器類のほとんど全部……。残っていたのは、僕の私物と、珈琲カップ・スプーン・フォークが、それぞれ一つだけ。後は、僕の歯ブラシが、洗面台の下に転がっていた」

誠は、静かに、淡々と語った。

喫茶店の大きな窓越しに、紅葉の始まったばかりの、道路沿いの木々の葉が、小刻みに揺れているのが見えた。

陽が傾いてきて、人工の光が、鮮やかに感じられ始める時刻だった。

「君と出会うまでは、この時間帯が、たまらなく辛くてね」

そう言った誠の、整った横顔を、愛美は熱っぽく見つめた。

「そうそう、もう一つ、部屋の角《すみ》に転がっていた物があってね……」

「何が、転がっていたの」

二人の視線があった。

愛美を見る誠の目は、いつも優しい光を放っている。

「家族が出て行った後、しばらくは、奥の仕事部屋だけで暮らしていたんだ。でも、プリントや辞書・参考書・問題集等でいっぱいになってしまった。そこで、がらんどうになってしまった真中の部屋も、仕事部屋の延長にしようと思ってね――」

「いろいろと運び込んだのね」

「そう、その通り。まず、小型の折り畳み式の机を、どこに置こうかと、部屋を見回したんだ。その時だよ、角《すみ》の柱のところに、何かが転がっているのに気付いたんだ。それを手にとった時――」

誠は言いかけて、急に黙ったかと思ったら、ポケットからハンカチを取り出して、目許に当ててじっとしている。

愛美は、そっと誠の背に手を当てた。

「ごめん、息子のことになると駄目なんだ。それは、小さい頃、息子が大事にしていた、ミニチュアのバスだったんだ。何かの折に、僕が買ってやったセットの内の一台でね――息子が畳の上に寝転んで遊んでいたのが、目に浮かぶよ。どうして、そんなところにそれが落ちていたのか――きっと、治子が部屋を片付けている時に、出てきたんだろう」

誠は恥しそうに、ハンカチで涙を拭った。

背に当てた手に、彼の温もりを感じながら、彼もまた、時間をかけて癒して上げなければいけないのだ、と愛美はしみじみと思った。


誠は、別の機会に――自分は、治子を愛して結婚した。息子も愛した。治子に対しては、今は心が動かないけれど、息子には会いたい――とも語った。

自分には、祖父が残してくれた、古いけれどまだ住める家がある。お金は、自分一人なら、何とかなる。また稼げばいい。治子が持って行ったお金は、息子のために使ってくれるのならいい……。

三年前に、家族が家を出て行って以来、誠はそう思って生きてきた、と愛美に語った。

「離婚届は、息子が大学を卒業して就職するまで待とう、と考えていたんだ。でも、治子も僕も、そのことに関しては、もういつでも……お互いに合意しているから――」

秋も深まった、雨の坂道を、誠が差した大きな男物の傘に入って、愛美は彼の言葉に、耳を傾けていた。

こうして、二人には、いくら語っても語り尽くせないほど、お互いに理解し合いたい、内面と過去があった。

少なくとも愛美にとって、これほど時間をかけて、じっくりと自分の過去を振返り、自分の心の奥深くに光を当てたことは、今までにないことであった。

「君と出会う前の年だったかなあ——仕事が終わって、ファミレスで夕食を食べて、深夜帰宅すると、ぐったりして、つい机の前でうとうとしてしまうんだ。すると毎晩のように、昔飼っていた愛犬と、僕を目の中に入れても痛くないほど可愛がってくれた祖父が、夢の中に出て来てね。愛犬だった芝犬のチロは、僕をじっと見つめて、頻りに尻尾《しっぽ》を振っているし、髭を生やした祖父は、にこにこして、僕に何かを話そうとしているんだ。同じ光景を何度も夢の中で見るので、僕はもう永くはないのかなあって、思ったほどだった」

ジョッキを傾けながら、誠がこう語った時、愛美は、二人の出会いは自分の人生を救っただけではなく、誠にとっても、なくてはならない出会いだったのかも知れない、と秘かに思った。

誠はまた、自らはっきりとは言わなかったが、愛美と同じように、親の愛情を信じられずに、成長したに違いなかった。

誠の父親は高級官僚だったが、三日で一本、ウイスキーを空《から》にしてしまう酒飲みで、仕事をよく休み、理不尽なことで、子供たちを怒鳴った。

そんなに仕事を休んでも、首にならないのが不思議で、だからこそ、誠はもっと違った生き方をして、実力で勝負出来る世界で仕事がしたい、と思ったのである。

誠の母親は、「子供は動物と同じ」という考えの持ち主で、誠は幼い頃、躾という名目で、耳を引っぱられたり、ほっぺたを抓られたり、箒で叩かれたりして育った。

「いずれにせよ、二人の弟を含めて、僕の目から見ると、あの人たちは別世界の住人なんだ」

誠の目は、遠くを見る目つきになっていた。

その頃、愛美は自分の兄や姉たちに、次々と離婚の意思を伝えたが、誰一人として、理解を示したり励ましたりしてくれる者はいなかった。

まず、都内に住んでいる兄に、いきなり怒鳴られた。

「経済的に恵まれた生活させてもらっているのに、なに馬鹿なこと言っているんだ。英三さんに手ついて謝るんだ」

大変な剣幕だった。

上の姉も、電話の向こうで血相を変えたのだろう。その様子が、手に取るように伝わってきた。

「そんなお前、離婚だなんて、何考えているの。私だって、いろいろあったって、我慢しているんだよ。わがままなんだよ、お前は。縁を切るよ」

二番目の姉は、悲鳴に近い声を出した。

「やめてちょうだい、離婚だなんて。恥しいったらありゃしない。真矢ちゃんがおかしくなるわよ」

「でも、英三さんとちゃんと話し合って、彼も承知したのよ」

愛美は必死に説明した。

「愛美、あんた英三さんに愛されていなかったんじゃないの」

それが、返ってきた言葉だった。

この人たちもまた、別世界の住人だったのだと知って、誠に更に親近感を抱いた。

誠は、夢に登場する愛犬のチロと、大好きだった祖父の話をした時、家財道具が消えて、がらんどうになった自宅に、深夜帰る度に、――もう自分には守るべき人は誰もいない。今、このまま自分がいなくなっても、悲しむ人さえいないだろう――と思ったそうだ。

誠の存在がなかったなら、正に愛美も同じ心境だったに違いない。

真矢はもともと、親元を離れて遠くの大学へ行きたい、と言っていたことだし、その気になれば、母親がいなくても、十分にやっていけるだろう。

英三にしても、彼は四十五歳で、まだ若い。私と別れたら、これから自分の思う通りの人生を歩めるだろう。前向きの姿勢で、今まで深刻に悩んだことは一度もない、と常々言っている英三にとって、体も精神も強くない私は、負担だったに違いない。

そう考えると、愛美はもう自分が住人でいられる世界は、誠との世界しかないのだ、とますます確信するようになった。

だから、誠と会った後、社宅に帰るのが、とても辛かった。

この押しつぶされそうな状況から逃げ出すことは、真矢の合格が決まるまでは、許されない。

異常とも言える、生活のストレスで、愛美の体重は激減し、右肩から右腕にかけて、痺れとともに力が入らなくなり、ほとんど限界に近付いているのが、自分でもはっきりと分かっていた。

街には枯葉が舞い、木枯しの吹き荒れる季節になっていた。

20

異常な生活が三ヶ月ほど過ぎた、初冬のある夜のこと、

「北海道へ行くことになった。転勤だ」

帰宅するなり、英三が言った。

「希望を出したんですか」

愛美は思わず訊いてしまった。

海外部に所属する英三が、転勤するとすれば、海外への転勤しかあり得ない、と思ったからである。

「子会社の社長になるんだ。会社の方針が変わって、若いうちから経験させるんだそうだ」

英三は、自分が選ばれたことが、満更でもなさそうだった。

真矢の第一志望の大学も北海道にある。

あまりにもお膳立てされたような現実に、愛美は、何か大きなうねりのようなものを感じた。

動き始めた……。

英三と真矢、そして自分は、それぞれ別の人生へと、旅立つことが出来る。

愛美は興奮を覚えた。

しかも英三の転勤は急であった。


年明け早々に、英三の荷物を整理して、現地の社宅に送り、表向きは単身赴任ということで、彼を見送った。

英三がいなくなったことで、その後の、真矢と二人きりの生活は、精神的に格段と楽になった。

二月に入って、真矢の受験も本番となり、現役の時とは違って、滑り止めの私大にも、第三志望の私大にも、次々と合格し、本人も愛美も、まずはほっとした。

そして遂に、本人もほとんど自信のなかった、北海道にある第一志望の国立大に合格した。

関東にある第二志望の国立大に失敗していたので、合校の喜びも一入《ひとしお》だった。

真矢は興奮して、次々と携帯電話で友人たちに報告した。

愛美も直ぐに、誠に連絡した。

「そうか、よかった。僕も今、確認しているところだったんだ。本当によかった」

明るい声が、耳許に響いた。

すると、誠はその明るい声のトーンを、急に落として、

「愛美さん、話すんだったら今だよ。今こそ、真矢ちゃんに事実を話すんだ。いいかい、どんなことがあっても、君は絶対に泣いては駄目だよ。あくまでも、冷静にね」

電話はそこで切れた。

友達への喜びの電話をし終えた真矢に、

「真矢、ちょっとそこに座って、私の話を聞いて欲しいの」

愛美は慎重に切り出した。

真矢は素直に受け入れ、二人は、テーブルにきちんと向かい合った。

「実はね、真矢、お父さんとお母さんは、離婚することになったの」

真矢は、意外にも冷静だった。

愛美が、自分がなぜ離婚する決意をしたのか、二人の価値観がいかに違っていたか、離婚した後、真矢がどちらの姓を名乗るのかなど、次々と話を進めても、真直ぐに愛美の目を見つめて、頷いている。

「おかしいなって、思っていたよ」

最後に、真矢が言った。

「離婚なんて、普通のことだよ。そんなにショックじゃないよ。お父さんとお母さんは、昔からリズムが、全然合っていなかったでしょ」

笑顔も交えて、真矢にそう言われると、愛美は安心するとともに、少々悲しくもあった。

更に大事な話が、まだ終わっていなかった。

「もう一つ、大切な話があるの……。お母さんはね、これからの人生を、ある人と一緒に歩もうと思っているの」

そこまで話しても、真矢はまだ冷静な顔をしていた。

「その人はね、真矢、倉本先生なの」

それを聞いた瞬間、真矢は困ったような、笑っているようにも見える、頭が混乱しているような表情になり、その表情は直ぐに消えて、黙り込んでしまった。

それでも、話が全部終わって、テーブルから離れると、真矢の気持ちは再び、合格した大学の方へ向かっている様子だった。

愛美は一先《ひとま》ず安心して、翌日から早速、真矢の旅立ちの準備となり、忙しい日々が始まった。

これから六年間の大学生活を送るために住む、アパートを電話で予約し、二人で北海道へ渡り、生活用品を買い揃え、大学への入学手続きも終えた。

入学式には、珍しく駆け付けた英三と共に参列した。

東京に一人帰る、飛行機の中で、愛美は何度も、ハンカチで目頭を押えた。

幼かった真矢との日々が、走馬灯のように、次々と浮んでは消えた。

ありがとう、真矢。私が、ここまで頑張って生きてこられたのは、あなたがいたからよ……。

でも、もうあなたの人生に、おんぶしないから。お母さん、これからは強く生きてゆくから……。


東京に戻ると、社宅の片付けと並行して、誠と一緒に、これから二人が住む、アパート捜しを始めた。

愛美には今、肉親よりも甘えることが出来て、心の病から立ち直ろうとしている自分を、温く支えてくれる、誠がいる。

その彼と、晴れて一緒になれるのだ。

数日後、二人でまず世田谷区役所へ行って、誠が離婚届を提出し、その足で、次に港区役所へ行って、愛美が離婚届を提出した。

二つの区役所は対照的で、世田谷区役所は活気に満ちていたが、港区役所は人の出入りも少なく、静まり返っていた。

港区役所の細長い建物から表に出ると、

「半年後には、僕たち、夫婦になれるね」

晴れ晴れとした表情で、誠が都心の空を見上げた。

折からの春風が、街中をゆったりと吹き抜けて行き、愛美は満たされた気持ちで、誠の腕に手を回した。

著者プロフィール

森 紫温（もり しおん）

1948年１月　東京都生まれ

大学受験の私塾を地元で経営後、予備校講師を務める。
駿台予備学校、Z会東大マスターコース、東京医進学院、秀門会等で英語講師を務める。

やすらぎと ときめきと

2004年3月15日　初版第１刷発行

著　者　森 紫温
発行者　瓜谷 綱延
発行所　株式会社文芸社
〒160-0022　東京都新宿区新宿1－10－1
電話　03-5369-3060（編集）
03-5369-2299（販売）

印刷所　株式会社エーヴィスシステムズ

ISBN4-8355-6946-6 C0093